Chère lectrice,

Des vignobles enchanteurs de la côte basque espagnole jusqu'à Sydney, en passant par les plages des Caraïbes, les envoûtantes landes écossaises ou La Nouvelle-Orléans et son rythme endiablé : ce mois-ci, pour bien commencer l'été, j'ai sélectionné pour vous dix romans, véritables promesses d'évasion.

Car l'amour s'épanouit sous tous les climats et dans tous les décors.

Alors, que ce soit en compagnie de Saffy Marshall et du cheikh Zahir (*Une nuit d'amour avec le cheikh* de Lynne Graham, Azur n° 3493) ou aux côtés de la tumultueuse famille Corretti (*Amoureuse d'un Corretti* de Kate Hewitt, Azur n° 3494), laissez-vous emporter, le temps d'une lecture, vers des horizons brûlant de soleil et de passion.

Je vous souhaite un très bon mois de lecture.

La responsable de collection

Prisonnière au palais

SARA CRAVEN

Prisonnière au palais

collection *Azur*

éditions HARLEQUIN

Collection : Azur

Cet ouvrage a été publié en langue anglaise
sous le titre :
COUNT VALIERI'S PRISONER

Traduction française de
FRANÇOISE PINTO-MAIA

HARLEQUIN®
est une marque déposée par le Groupe Harlequin
Azur® est une marque déposée par Harlequin S.A.

ÉDITIONS HARLEQUIN
83-85, boulevard Vincent-Auriol, 75646 PARIS CEDEX 13.
Service Lectrices — Tél. : 01 45 82 47 47
www.harlequin.fr

ISBN 978-2-2803-0714-7 — ISSN 0993-4448

1.

Assis derrière son grand bureau de style ancien, le comte Andrea Valieri examinait avec une extrême attention le dossier ouvert devant lui.

En face de lui, Guido Massimo faisait semblant de regarder ses ongles, tout en guettant les réactions de son hôte. Celui-ci avait un visage fier, un nez aquilin, des pommettes ciselées, un menton volontaire. Cependant, en cet instant, ce physique séduisant était trop déterminé, songea le quinquagénaire avec inquiétude.

Quelques heures plus tôt, Guido avait été accueilli avec la courtoisie habituelle par Eustacio, le majordome, qui l'avait conduit dans la chambre qu'on lui avait réservée. Puis il était descendu dîner avec le comte. L'ambiance avait été détendue et chaleureuse. Mais le plus important, il le savait, se jouait maintenant.

Sa lecture enfin terminée, le comte hocha la tête en signe d'approbation et un sourire bref aviva l'éclat de ses yeux ambrés.

— Votre rapport est extrêmement détaillé, *signore* Massimo. Félicitations ! Une vie entière relatée point par point.

Guido répondit par un murmure poli et attendit qu'il prenne la photo constituant la dernière pièce du dossier. Elle représentait une jeune femme blonde aux cheveux mi-longs et lisses, au visage ovale. Elle avait le teint très clair, des yeux gris pâle, un petit nez droit, et ses lèvres bien ourlées étaient entrouvertes sur un sourire confiant.

— De quand date cette photo ? s'enquit Andrea Valieri.

— Elle a été prise il y a quelques mois, à l'occasion de ses fiançailles. Je l'ai découpée dans un magazine local.

Guido se permit un clin d'œil discret et ajouta :

— *Che bella ragazza !* Jolie fille, n'est-ce pas ?

Ce dernier commentaire ne suscita qu'un haussement d'épaules indifférent.

— Le charme anglo-saxon ne m'attire nullement, rétorqua Andrea Valieri. Et c'est aussi bien, étant donné les circonstances. Mais son *fidanzato* aura une opinion différente sur la question, j'imagine. Il paiera le prix pour qu'elle lui revienne saine et sauve. Du moins, je l'espère.

Il referma le dossier et se carra dans son fauteuil.

— Le mariage est prévu dans deux mois, il n'y a donc pas de temps à perdre. Notre affaire traîne depuis trop longtemps. Dites-moi ce que vous savez du travail de cette jeune personne. Si j'ai bien compris, elle conçoit des émissions pour des chaînes de télévision culturelles ?

— Oui, et avec succès, répondit Guido. Cette jeune femme est documentaliste à Athene Television, à Londres, et souhaite s'orienter vers la production. Mais son mariage risque de mettre fin à ses ambitions. Comme je l'ai mentionné dans le rapport, son fiancé a fait clairement savoir qu'il ne voulait pas d'une épouse qui travaille.

— Et cela a créé des tensions dans le couple ?

— Il semblerait. Le problème n'est pas encore résolu.

— L'ambition ou l'amour… Que choisira-t-elle ? Je me le demande, reprit le comte. Sur quoi miseriez-vous dans ce cas de figure, *signore* Massimo ?

— Cette jeune fille est sur le point de se marier. Elle voudra faire plaisir à son futur époux, je suppose.

— Je ne vous croyais pas si romantique, *signore*. Mais je pense que vous vous trompez…

Il esquissa un sourire froid avant de poursuivre :

— Parce que je sais exactement comment l'attirer ici.

— Si je peux vous être de nouveau utile…

Andrea coupa son interlocuteur d'un geste de la main.

— Merci, mais à partir de maintenant il vaut mieux que vous ne soyez plus impliqué. Moins vous en saurez, mieux cela vaudra. Parlons maintenant de votre salaire.

Ouvrant un tiroir de son bureau, il en sortit une enveloppe volumineuse qu'il lui tendit.

— Pour les raisons que je viens d'exposer, nous étions convenus d'une rémunération en liquide. Naturellement, vous pouvez vérifier qu'il y a le compte.

— Je n'y pensais même pas.

— Comme vous voudrez. Dans ce cas, je vous remercie encore et je vous souhaite une bonne nuit. Nous nous reverrons demain à l'heure du petit déjeuner.

Guido Massimo se leva et inclina légèrement le buste avant de se diriger vers la porte. Sur le seuil, il hésita.

— Je voudrais vous poser une question : êtes-vous certain qu'il n'y a pas d'autre solution ? Après tout, cette jeune fille est innocente et n'a rien à voir avec votre affaire. Mérite-t-elle d'être traitée ainsi ? Je ne fais que me renseigner, vous comprenez…

— Je comprends parfaitement, répondit Andrea Valieri. Mais inutile de vous alarmer, mon ami. Une fois que j'aurai obtenu ce que je veux, votre *bella ragazza* retournera auprès de son futur mari sans le moindre dommage. Enfin… Si elle veut encore de lui, bien sûr.

Il se leva à son tour, déployant sa haute taille.

— Il n'y a pas lieu d'avoir pitié d'elle, je vous assure.

— Chérie, je t'en prie, dis-moi que c'est une blague !

Madeleine Lang posa son verre et fixa son fiancé assis en face d'elle, dans le bar à vins.

— Une blague ? répéta-t-elle. Je te parle de mon travail, Jeremy, et je suis tout à fait sérieuse.

— Maddie, je te rappelle que nous avons un mariage de plus de deux cents invités à organiser. Et tu mets ça entre parenthèses pour partir en Italie à la recherche d'un fantôme ?

Maddie soupira.

— Etant donné que c'est ta belle-mère qui contrôle les préparatifs, on ne risque pas d'être en retard ! Je ne suis même pas certaine qu'on remarquera mon absence.

Par-dessus la table, Jeremy lui prit la main.

— Mon amour, je sais qu'Esme peut se montrer assez autoritaire…

— C'est peu dire. Tout ce que je suggère est systématiquement rejeté. Je n'ai même plus l'impression qu'il s'agisse de mon mariage.

— Je suis désolé, dit-il d'un ton conciliant. Mais c'est vraiment un événement important pour ma famille. Mon père tient à ce que tout soit parfait. Tu le connais, il est fier et il pense à la renommée de la banque Sylvester and Co. Ce genre de choses…

— Si seulement c'était un événement familial ! marmonna Maddie. D'où sortent tous ces invités ? Je ne connais même pas les deux tiers d'entre eux.

— Des clients, des associés, de vieux amis de mon père… Et encore, la liste actuelle est relativement courte.

— Je ne trouve pas ça rassurant.

— Tu exagères, s'impatienta Jeremy. Et ça risque de devenir pénible si tu t'entêtes à faire ce déplacement absurde en Italie.

— D'abord une blague, et maintenant une absurdité ! Jeremy, nous parlons de mon travail, là…

— Mais bientôt tu ne travailleras plus. Alors, à quoi bon filer à l'autre bout de l'Europe à la poursuite d'une musicienne que personne ne connaît ?

— C'est faux, les gens ont entendu parler d'elle, répliqua Maddie. On disait de Floria Bartrando qu'elle était la jeune soprano la plus talentueuse de sa génération et on voyait en elle une future Maria Callas. Et soudain, sans aucune explication, elle a disparu de la surface de la Terre. Depuis trente ans cette histoire est un mystère et aujourd'hui j'ai une chance de le résoudre.

— Mais pourquoi toi ? insista Jeremy en remplissant de nouveau leurs verres. Tu n'es pas la seule documentaliste de l'équipe à pouvoir entreprendre ces recherches.

— Non, mais je suis la mieux placée. Nos confrères italiens ont vu l'émission sur la dernière symphonie d'Hadley Cunningham, celle dont on ignorait qu'il en était l'auteur. J'avais préparé ce sujet, c'est pourquoi Todd m'a offert celui-ci.

— Honnêtement, chérie, quand tu as dit que tu avais quelque chose à m'annoncer, je pensais que c'était ta démission. C'est ce dont nous étions convenus.

— J'ai seulement dit que j'y réfléchirais, corrigea Maddie. C'est chose faite et je ne quitterai pas une activité que j'adore sans raison valable.

Souriant avec entrain cette fois, elle ajouta :

— J'ai quand même posé quelques semaines de congé pour notre voyage de noces. A moins que tu veuilles partir seul aux Maldives ?

Jeremy la regarda comme s'il ne la reconnaissait plus.

— Je ne trouve pas ça drôle…

Maddie soupira.

— Jeremy, s'il te plaît, essaie de comprendre. Nous sommes au XXIe siècle, bon sang ! La plupart des femmes concilient carrière et mariage, au cas où tu ne l'aurais pas remarqué !

— Tu peux très bien considérer notre mariage comme une carrière, argua Jeremy d'un air buté. Tu te rends compte que notre vie sociale va devenir très active et qu'il nous faudra souvent recevoir ? Et j'entends par là des grands dîners. Pas question que tu arrives à la maison au dernier moment avec des plats achetés en vitesse chez le traiteur.

Maddie ravala son souffle.

— Tu me prends pour qui ? Une incapable, c'est ça ?

— Bien sûr que non, ma chérie. Seulement, nous ne sommes pas sûrs que tu mesures le stress que ça représente.

Maddie se renfonça contre la banquette.

— Nous ? Je vois. Tu fais allusion à ton père, n'est-ce pas ?

— Nous en avons parlé, lui et moi, c'est vrai.

Elle se mordit la lèvre pour masquer son irritation.

— Jeremy, c'est de *notre* vie de couple qu'il s'agit ! Tu dois impérativement lui faire comprendre ça. J'ai l'intention de t'apporter tout mon soutien dans la poursuite de ta carrière. Tout ce que je demande, c'est que tu fasses la même chose pour moi. Est-ce si difficile ?

— Dit comme ça… non, convint-il. Je reparlerai à mon père, promis. Ce qui me fait penser…

Il consulta sa montre et esquissa une grimace.

— Je file ! Un dîner d'affaires au Ivy. Tu es sûre que tu ne veux pas m'accompagner ? Il n'y a aucun problème, tu sais.

Maddie se leva et, avec un sourire forcé, montra la tenue qu'elle portait : un jean serré et un T-shirt blanc.

— Je ne suis pas habillée pour aller dîner dans un grand restaurant. Une autre fois, mon chéri.

— Alors, que vas-tu faire ce soir ?

Elle enfila sa veste et récupéra son sac de toile.

— Oh… Passer la soirée à me pomponner. Me faire une manucure.

« Pour la première fois, je viens de mentir délibérément à mon fiancé. Parce que je vais retourner au bureau chercher davantage d'informations sur Floria Bartrando. »

Jeremy contourna la table et la prit dans ses bras.

— Cessons de nous disputer, mon cœur. Nous trouverons une solution.

— Oui, j'en suis sûre.

Ils sortirent du bar. Sur le trottoir, Maddie le regarda héler un taxi. Elle agita la main, puis s'éloigna en direction des locaux d'Athene Television.

Cette discussion avec Jeremy était inévitable. D'une façon ou d'une autre, elle devait le convaincre qu'elle était parfaitement capable de concilier sa future vie d'épouse et son métier. Ce serait difficile, car le père de Jeremy avait des idées bien arrêtées sur la question.

Maddie connaissait la famille Sylvester depuis toujours, car la mère de Jeremy, Beth, était la meilleure amie de sa mère et sa marraine. Enfant, elle passait chaque année une partie de l'été à Fallowdene, le manoir des Sylvester. Un endroit qu'elle trouvait merveilleux, surtout quand Jeremy, le fils unique des Sylvester, de sept ans son aîné, était présent. Ces vacances lui paraissaient idylliques alors, même si elle se souvenait que l'atmosphère changeait subtilement quand Nigel Sylvester rentrait.

C'était un homme austère et exigeant qui recherchait l'excellence en tout. Et, bien qu'elle ne l'eût jamais entendu hausser le ton, elle aurait préféré qu'il se mette véritablement en colère parfois, se dit Maddie. Car il y avait quelque chose d'inquiétant dans le sang-froid constant qu'il observait. Plus d'une fois, elle s'était demandé ce qui avait poussé sa marraine, une jolie femme au sourire délicieux et souvent espiègle, à épouser cet homme.

Egrenant le fil de ses souvenirs, Maddie soupira en songeant à ce tragique soir d'hiver où ses parents avaient trouvé la mort dans un accident, sur une route verglacée. Elle avait été recueillie par la jeune sœur de sa mère, Fiona, et son mari, Patrick, un couple adorable qui l'avait consolée, aimée et choyée. Quelques années plus tard, Beth avait brutalement succombé à un infarctus.

Une semaine après les obsèques, Maddie avait reçu une lettre d'un notaire l'informant que Beth Sylvester lui léguait une somme d'argent suffisamment conséquente pour financer ses années d'études, ainsi que toute la collection de livres pour la jeunesse qui se trouvait à Fallowdene.

— Oh ! quel beau geste ! avait-elle murmuré, bouleversée. Elle savait combien je les aimais. Mais Jeremy ne va pas les réclamer ?

— Ça m'étonnerait, avait répondu Fiona avec mépris.

Et si tu refusais ce don, les livres iraient probablement à une œuvre caritative. Ils rappelleraient trop à Nigel à quelle belle carrière il a mis fin.

— Une carrière ? répéta Maddie, stupéfaite. Beth avait été écrivain ?

— Non, c'était une brillante éditrice avant son mariage. C'est elle qui avait déniché tous ces auteurs. Ta mère m'a dit que la maison d'édition l'avait rappelée à de nombreuses reprises, lui offrant même de travailler à Fallowdene. Mais sans succès. Parce que, pour Nigel, une épouse Sylvester ne travaillait pas.

— Mais si elle était compétente...

— A plus forte raison, avait répondu Fiona d'un air sombre.

Maddie n'avait jamais oublié cette conversation et, à présent, elle trouvait une curieuse et désagréable résonance en elle.

« Jamais je n'abandonnerai le métier que j'aime, quoi qu'en dise Jeremy ou son père ! »

Elle ressentait toujours un élan de colère en se rappelant que Nigel Sylvester, après avoir respecté un deuil de moins d'un an, avait annoncé ses fiançailles avec une veuve, Esme Hammond, qu'il avait épousée un mois plus tard.

Quelque temps après, elle avait rencontré Jeremy à une fête à Londres. Il avait été ravi de la revoir et lui avait demandé son numéro de téléphone. Ensuite, tout était allé très vite, se remémora-t-elle en souriant.

Jeremy avait hérité du charme de sa mère et n'était plus le garçon taciturne qui l'évitait lorsqu'elle était gamine. Après de brillantes études, il avait rejoint la banque Sylvester and Co. Son seul défaut était qu'il se laissait trop influencer par son père.

Quant à Nigel Sylvester, il menait une brillante carrière dans les coulisses du pouvoir. On murmurait qu'il figurait sur la liste des distinctions honorifiques de l'année...

« S'attend-il à ce que je l'appelle « lord » et que je lui fasse la révérence ? » se demanda Maddie, amusée, en s'arrêtant devant l'entrée de l'immeuble d'Athene Television pour entrer le code d'accès. Quant à Esme, elle serait encore plus insupportable en lady Sylvester !

Elle emprunta l'ascenseur pour atteindre l'étage où se trouvait son bureau.

« Bah, tu te soucieras de ça le moment venu. Pour l'instant, concentre-toi sur cette mission de rêve qui t'attend. L'Italie au mois de mai... Quelle chance ! »

2.

Ce ne fut qu'au moment du décollage que Maddie prit enfin conscience qu'elle partait pour l'Italie. Car le projet avait bien failli tomber à l'eau.

Une semaine plus tôt, lors d'une réunion du personnel, Todd, son patron, avait annoncé avec colère :

— On nous avait promis une interview avec Floria Bartrando et maintenant on veut seulement que nous couvrions un petit festival de province ! Ça ne vaut pas le déplacement, même si l'événement est sponsorisé par un grand ponte local !

— Peut-être que la cantatrice va faire son retour à ce festival ? avait risqué Maddie en essayant de rester optimiste.

— Dans ce cas, pourquoi ne le disent-ils pas ? J'ai bien peur que toute cette histoire autour de Floria Bartrando ne soit qu'un coup de pub. Quand tu seras sur place, on te montrera une tombe dans un cimetière et on te dira que ce festival est organisé en sa mémoire.

— Eh bien, je rentrerai à Londres et nous ferons une croix sur le projet, avait annoncé Maddie. Mais je suis sûre que ça va marcher.

Et le surlendemain, quand Todd l'avait convoquée, il s'était avéré qu'elle avait raison.

— J'ai mal jugé le sponsor de ce festival, avait déclaré Todd en tapotant la lettre posée sur son bureau. Il nous a écrit en personne. Un certain comte Valieri, et c'est apparemment lui le lien avec Mlle Bartrando. Il enverra quelqu'un te chercher à l'aéroport de Gênes et on te conduira à l'hôtel Puccini de Trimontano, où le festival aura lieu bientôt. Ensuite, il organisera ton rendez-vous avec la mystérieuse cantatrice. Tu ferais mieux d'emporter une robe chic puisque tu vas sans doute côtoyer l'aristocratie italienne, avait-il achevé en souriant.

— Il est plus probable qu'on m'adressera à un secrétaire ! En attendant, par précaution, je vais glaner quelques renseignements sur ce comte.

— Je l'ai déjà fait et il n'y a pas grand-chose. La famille Valieri a effectivement créé ce festival il y a une cinquantaine d'années, donc le comte doit être âgé, mais je n'ai trouvé aucune photo de lui. La fortune de la famille provient de la fabrication de l'huile d'olive et des céramiques. A part ça… Rien.

— Heureusement que ce n'est pas son histoire que nous devons raconter, avait-elle répliqué. Fait-il allusion à la *signorina* Bartrando ?

— Non, pas la moindre. Tiens, lis sa lettre, avait dit Todd en lui tendant l'élégante feuille de papier ivoire.

Celle-ci ne contenait que deux courts paragraphes. L'écriture à l'encre noire était ferme et incisive.

De retour dans son bureau, Maddie avait fait une recherche sur l'hôtel qu'on lui avait réservé. Le confort et la gastronomie de l'hôtel Puccini étaient apparemment très appréciés. Jusque-là tout allait bien… Et le nom de Puccini était peut-être un signe. Après tout, le premier rôle important de Floria Bartrando avait été celui de Musetta dans *La Bohème*, pour lequel elle avait reçu des critiques dithyrambiques au point d'éclipser l'interprète principale.

Peut-être avait-elle disparu à cause de la jalousie des autres sopranos ? avait-elle pensé, vaguement amusée.

Mais le sourire de Maddie s'était vite effacé. Jeremy avait mal réagi en apprenant qu'elle maintenait son départ et ils avaient été en froid quelque temps. Elle avait espéré qu'il viendrait quand même à l'aéroport pour lui dire au revoir. Mais elle ne l'avait pas vu.

Dans le hall des départs, elle lui avait envoyé le texto suivant :

J'espère que tu seras au moins content de me voir à mon retour, mon amour.

Puis elle était montée à bord de l'avion, affreusement déçue et les nerfs à fleur de peau, au point de sentir pointer une migraine.

Une fois en vol, elle commanda un jus d'orange, prit deux comprimés et se renfonça dans son siège pour somnoler un peu.

Elle se réveilla en entendant la voix du commandant annoncer qu'ils amorçaient leur descente sur l'aéroport de Gênes-Christophe Colomb. Par le hublot, Maddie contempla les pics déchiquetés des Apennins, dont certains étaient encore recouverts de neige.

Heureusement, l'atterrissage se déroula sans encombre. Comme elle débouchait dans le hall des arrivées, un agent d'escale vint à sa rencontre.

— *Signorina* Lang ? s'enquit-il avec un sourire aimable. On m'a demandé de vous escorter jusqu'à la voiture du comte Valieri, car Camillo, son chauffeur, ne parle pas l'anglais.

— Oh ! très bien. Merci. Je vous suis.

Ils sortirent du terminal sous un soleil éclatant et se dirigèrent vers un parking privé, où un homme grisonnant en uniforme attendait auprès d'une rutilante limousine.

« Même si mon enquête ne mène nulle part, au moins j'aurai voyagé en première classe ! » songea Maddie, légèrement euphorique.

Le chauffeur s'inclina et lui ouvrit la portière. Maddie s'installa avec plaisir sur la confortable banquette de cuir. Elle avait eu raison d'opter pour une jupe bleu marine élégante au lieu d'un jean, pensa-t-elle. Même si sa veste en toile avait visiblement fait tiquer Camillo.

La voiture démarra. Soulagée de constater que la climatisation se mettait en marche, elle inspecta son environnement. Il y avait devant elle un compartiment en cuir qui se révéla être une glacière, contenant une bouteille d'eau minérale et des jus de fruits.

Exactement ce qu'il lui fallait. Bien sûr, c'eût été plus agréable si Camillo avait parlé quelques mots d'anglais. Elle aurait pu le questionner sur leur itinéraire et sur Trimontano. Peut-être aurait-il pu lui apprendre quelque chose sur les liens entre Floria Bartrando et cette région, car d'après ce qu'elle savait, la cantatrice avait vécu à Rome au moment de sa disparition, juste après avoir été ovationnée pour son interprétation de Gilda dans *Rigoletto*.

Ils laissèrent derrière eux le port de Gênes et roulèrent dans la circulation dense. Bientôt, le chauffeur bifurqua sur une route étroite et le paysage changea. Des châtaigniers majestueux, des oliveraies et des pâturages couvraient le pied des montagnes, avec çà et là un hameau accroché sur le versant. Ils dépassèrent des auto-stoppeurs chargés de lourds sacs à dos et des groupes de cyclistes qui, le visage rougi par la chaleur, pédalaient sur la côte de plus en plus raide.

Maddie se réjouit secrètement de ne pas être parmi eux sous ce soleil de plomb et se versa un peu d'eau dans le gobelet d'argent fourni avec les boissons.

Au bout d'un moment, elle se rendit compte que le ciel se couvrait. Quel dommage s'il se mettait à pleuvoir ! se dit-elle en voyant les villas ensoleillées et les fiers cyprès s'obscurcir tout à coup. Mais après tout, elle n'était pas là pour faire du tourisme.

Elle n'avait pas imaginé que Trimontano, lieu d'un festival annuel d'opéra, se trouverait dans une zone aussi reculée. Qu'est-ce qui avait poussé Floria Bartrando à interrompre sa carrière pour venir s'enterrer dans ces montagnes ? Son histoire était certainement captivante et Maddie était impatiente d'arriver et de se mettre au travail.

Camillo prit à droite. La route descendait dans une vallée

dominée par trois sommets, et Trimontano apparut soudain. Maddie se pencha pour contempler avec curiosité les toits de tuiles resserrés autour d'un beau campanile en pierres blanches pointé vers le ciel assombri.

Il se mit à pleuvoir juste à l'instant où la limousine s'arrêtait sur la place principale, devant le porche majestueux de l'hôtel Puccini. Un portier en livrée muni d'un parapluie lui ouvrit la portière et l'abrita jusqu'à l'entrée de l'hôtel, tandis que Camillo suivait avec son unique sac de voyage.

Maddie resta bouche bée en contemplant le vaste foyer en marbre, décoré de piliers dorés et d'immenses miroirs. Comme elle se tournait pour remercier Camillo, elle vit que celui-ci s'éloignait déjà. Sans doute était-il habitué à transporter des passagers plus distingués, pensa-t-elle avec ironie.

À l'inverse, le réceptionniste se montra très aimable.

— Nous vous avons réservé la chambre 205, *signorina*. Il y a aussi ceci pour vous, dit-il en lui tendant une enveloppe en même temps que sa carte magnétique.

— De la part du comte Valieri ? demanda-t-elle.

— *Naturalmente*. En son nom, je tiens à vous souhaiter la bienvenue à Trimontano, déclara-t-il en souriant. L'ascenseur se trouve juste derrière vous et votre bagage est déjà dans la chambre, *signorina*.

La chambre était grande et plus moderne qu'elle ne l'avait imaginé, découvrit Maddie. Les meubles clairs étaient très élégants et le lit gigantesque. La salle de bains aussi était luxueuse, en marbre blanc veiné d'or, et possédait une baignoire et une douche italienne assez grande pour deux.

Un élan de regret saisit la jeune femme à l'idée qu'elle séjournerait seule ici. Mais si Jeremy était loin d'elle, au moins elle pouvait lui parler.

Regagnant la chambre, elle prit son téléphone portable dans son sac. À sa grande déception, elle constata qu'elle ne captait aucun signal. Pourvu que ce soit juste une défaillance due à la météo ! Elle décrocha le combiné téléphonique près du lit et demanda un numéro extérieur. Après quelques minutes d'attente, elle eut une nouvelle déception : la boîte vocale de Jeremy l'informait qu'il ne se trouvait pas au bureau.

Maddie soupira et raccrocha sans laisser de message. Après tout, elle n'avait rien d'intéressant à lui dire sur son voyage. Mais elle aurait aimé entendre sa voix.

Elle prit l'enveloppe que le comte avait laissée pour elle et l'ouvrit.

— Si c'est pour m'annoncer que Floria Bartrando refuse de me rencontrer, je hurle ! marmonna-t-elle en dépliant la lettre.

Un bout de papier plus petit et plus léger voleta vers le tapis. Elle le ramassa. C'était un billet pour l'opéra qui serait joué ce soir-là au *Teatro Grande*.

— *Rigoletto*, de Verdi, murmura-t-elle, ravie. La dernière prestation de Floria. C'est forcément un signe…

La note qui l'accompagnait portait ces simples mots tracés dans la même écriture brève et incisive :

« A plus tard.
Valieri »

Eh bien, M. le comte était un homme concis !

Mais l'important était qu'elle allait enfin pouvoir commencer l'enquête qui lui tenait tant à cœur.

3.

Quand le rideau tomba à la fin du deuxième acte, Maddie se renfonça dans son siège avec un soupir saccadé. Elle avait oublié que l'intrigue de *Rigoletto* était aussi sombre. Mais la glorieuse musique de Verdi résonnait encore dans sa tête.

Le *Teatro Grande* n'était pas aussi spacieux que son nom le laissait supposer, mais son style baroque était splendide, pensa-t-elle en levant les yeux vers les loges richement ornées. Au cours du premier entracte, elle avait eu la certitude que quelqu'un l'observait et elle avait fixé les loges avec attention dans l'espoir d'apercevoir le comte, ou — pourquoi pas ? — Floria Bartrando elle-même.

Qui que ce fût, elle espérait avoir fait bonne impression dans son fourreau de soie noire qui tirait tout son effet de sa coupe parfaite et de sa belle matière. Deux peignes d'argent retenaient ses cheveux blonds qui flottaient sur ses épaules. Et à part des pendants d'oreilles, elle ne portait d'autre bijou que sa bague de fiançailles, un solitaire en diamant.

Maddie suivit la foule qui se dirigeait vers le bar, commanda un double *espresso* et s'installa à une table dans un coin relativement tranquille. Il y avait un tableau sur le mur, au-dessus d'elle. C'était le portrait d'un homme aux cheveux blancs. Son visage encore beau arborait une expression calme et fière. Sous le cadre doré, une petite plaque indiquait : Cesare Valieri.

« Voilà donc mon hôte. Mais où est-il ? »

Maddie s'adressa à un serveur qui débarrassait une table voisine.

— Le comte Valieri est-il ici, ce soir ?

L'employé parut hésiter.

— Il est venu, *signorina*. Et il est reparti. Désolé, murmura-t-il, le regard fuyant.

Maddie ravala sa déception. Bizarre… Pourquoi le comte n'avait-il pas profité de l'occasion pour se présenter à elle ? Bah, elle finirait bien par faire sa connaissance ! D'autant que, maintenant, elle savait à quoi il ressemblait.

Elle regagna sa place pour l'acte trois, attendant, le cœur battant, le sacrifice de Gilda. Un frisson la parcourut en entendant Rigoletto dire au tueur qu'il avait engagé :

« Son nom est Crime, et le mien Châtiment. »

Et au moment du tableau final, elle eut les larmes aux yeux. Il y eut un tonnerre d'applaudissements et les vivats fusèrent de toutes parts. Puis, lentement, la foule quitta le théâtre.

Que faire à présent ? Le mieux était de retourner à l'hôtel et d'attendre les instructions du comte.

Elle sortit sur le trottoir et serra son châle autour d'elle. Elle se sentait fatiguée. Sans doute le stress de ces dernières semaines, ajouté au voyage en avion et au long trajet en voiture…

« J'ai besoin de sommeil. Pas envie de mener une interview… »

Mais le comte était apparemment d'un autre avis, car elle reconnut soudain la limousine garée juste en face du théâtre. Le chauffeur en uniforme tenait déjà la portière ouverte.

Ce n'était pas Camillo, cette fois. L'homme était plus grand, plus mince, plus jeune aussi, bien que sa casquette rabattue sur le front l'empêchât de distinguer ses traits.

— *Signorina* Lang, venez avec moi, s'il vous plaît.

Sa voix profonde semblait délivrer un ordre plutôt qu'une demande et Maddie hésita.

— Vous me conduisez chez le comte Valieri?

— Oui, et il n'aime pas qu'on le fasse attendre.

Un peu brusque pour un employé, pensa-t-elle en montant à l'arrière. Mais il parlait l'anglais.

La vitre qui la séparait du chauffeur resta obstinément fermée. Cela tombait bien, car elle n'avait guère envie de bavarder. L'effet du café s'était estompé et la somnolence la gagnait par vagues.

« Ne t'endors pas! s'adjura-t-elle en réprimant un bâillement. Tu dois rester en pleine possession de tes moyens. »

Pour mieux lutter contre le sommeil, elle se força à vérifier que son sac contenait bien son magnétophone de poche ainsi qu'un jeu de piles neuves. Elle se servit un verre d'eau minérale pour s'éclaircir les idées et passa en revue les questions qu'elle avait préparées. Mais c'étaient les paroles et la musique de l'opéra de Verdi qui envahissaient son cerveau.

« Mon nom est Crime, et le sien Châtiment… »

Non, c'était l'inverse… Oh! elle n'était plus sûre de rien à présent et ne se souvenait que du cri désespéré de Rigoletto :

« Ah, la maledizione… »

Maddie frissonna. Elle voulut frapper à la vitre pour demander au chauffeur de ne pas conduire si vite et constata que ce geste était au-dessus de ses forces. Le plus simple était encore de se laisser aller contre le dossier confortable qui atténuait les secousses.

« Je vais fermer les yeux quelques minutes. Après quoi, je me sentirai mieux… »

Sur ce, elle se laissa glisser doucement vers une inconscience bienfaisante.

*
* *

Sa première pensée fut que la voiture s'était arrêtée, car elle ne ressentait plus les cahots. Puis Maddie comprit qu'elle était en position allongée. Dans un immense effort, elle souleva ses paupières alourdies et découvrit qu'elle se trouvait dans un lit.

« Oh… J'ai dû me sentir mal et on m'a ramenée à l'hôtel », pensa-t-elle en se redressant péniblement.

Mais un coup d'œil circulaire à la chambre la détrompa. Le lit, bien qu'aussi vaste et aussi confortable que celui de la chambre 205, était beaucoup plus ancien, avec des montants de bois sombre et un couvre-lit de brocart rouge. Et surtout, il y avait une multitude de portes tout autour de la pièce. Peintes en vert, bleu ou rose, et séparées entre elles par une fenêtre aux volets clos. Accommodant sa vision, elle s'aperçut qu'il s'agissait d'un décor en trompe-l'œil.

« Ce n'est pas possible ! Je suis encore dans un de ces rêves bizarres… »

Elle ne portait même pas la chemise de nuit en batiste qu'elle avait emportée, mais une somptueuse tenue de soie saphir au décolleté plongeant. Ce fut le frôlement léger de la précieuse étoffe sur sa peau qui la persuada qu'elle ne rêvait pas.

Elle devait s'en tenir à sa première hypothèse, la plus rationnelle : elle s'était sentie mal dans la voiture du comte et on l'avait transportée ici. Sauf qu'elle ne se souvenait pas d'avoir fait un malaise, juste d'avoir été prise d'une irrépressible envie de dormir.

Que signifiaient tous ces mystères ? Si seulement elle savait où étaient ses vêtements ! Elle se demanda aussi quelle heure il était et se rendit compte avec stupeur qu'elle ne portait plus sa montre. Et, plus alarmant encore, sa bague de fiançailles avait disparu.

Tout à fait réveillée cette fois, Maddie balaya la chambre d'un regard fébrile.

« Où est mon sac ? Mon passeport, mon téléphone, le magnéto… et tout le reste ? »

Le comte Valieri allait devoir s'expliquer, et il avait intérêt à ce que ses justifications soient plausibles !

L'instant d'après, elle se figea en entendant le cliquetis d'une clé dans une serrure. La portion du mur qui se trouvait face au lit s'ouvrit.

Contrairement à ce qu'elle attendait, ce ne fut pas l'homme du portrait qui pénétra dans la pièce. Le visiteur était plus jeune. Grand, élancé, le teint mat… Il lui semblait familier.

Comment était-ce possible ? Elle était sûre de n'avoir jamais croisé ce visage ciselé et arrogant, ni ces yeux d'un brun doré qui la toisaient avec une expression proche du mépris.

— Vous êtes enfin réveillée.

Sa voix lui rafraîchit la mémoire. C'était ce timbre froid et péremptoire qui lui avait ordonné de monter dans la voiture, à la sortie de l'opéra. Au lieu de sa tenue de chauffeur, l'homme portait un pantalon en toile et un polo noir au col ouvert ; cette décontraction soulignait ses larges épaules, ses hanches étroites et ses longues jambes.

La nervosité de Maddie s'accrut. En un geste instinctif, elle rabattit le drap sur elle.

Un sourire moqueur incurva la bouche dure de son visiteur. Agacée, elle inspira profondément en s'adjurant au calme.

— Vous êtes le chauffeur du comte. Je suppose que c'est vous qui m'avez amenée ici ?

— *Sì, signorina.*

— Je n'arrive pas à me rappeler ce qui s'est passé. Ai-je été malade ? J'ai dormi combien de temps ?

— Environ douze heures.

— Tant que ça ? s'exclama Maddie. C'est impossible !

— Vous vous êtes endormie dans la voiture. Et vous étiez toujours plongée dans un profond sommeil en arrivant.

— Alors, comment se fait-il que je sois ici… et habillée comme ça ?

— Je vous ai portée. Et vous avez continué à dormir sagement dans mes bras.

Maddie sentit sa bouche s'assécher.

— Je ne vous crois pas. Il devait y avoir quelque chose dans le café. Ou dans l'eau minérale. Vous m'avez droguée !

L'homme se raidit.

— Vous devenez ridicule, commenta-t-il avec froideur.

— Je n'en suis pas si sûre. Pourquoi ne pas m'avoir ramenée à mon hôtel ?

— Parce que le comte souhaitait que je vous conduise ici.

— C'est gentil à lui… Enfin, je suppose. Mais je préfère décider moi-même. Maintenant, pourriez-vous l'informer que j'aimerais partir ?

— Impossible. Vous n'irez nulle part, *signorina*. Et ce, jusqu'à ce que les détails de votre libération soient réglés avec votre famille en Angleterre.

Un silence dramatique suivit cette déclaration. Puis Maddie demanda d'une voix tremblante :

— Vous voulez dire que j'ai été… *kidnappée* ?

— Oui. Je regrette qu'il ait fallu en arriver là.

— Oh ! des regrets, vous allez en avoir ! s'insurgea-t-elle, furieuse. Quand vous vous retrouverez au tribunal. Et ne croyez pas que vous vous en tirerez en plaidant la démence !

— Il n'y aura pas de procès, je vous le garantis. Et je suis tout à fait sain d'esprit.

— Dans ce cas, prouvez-le en me rendant mes affaires et en demandant à l'autre chauffeur, Camillo, je crois, de me ramener à Trimontano. Immédiatement !

— Je vous répète que c'est impossible. Quant à vos affaires, elles ont déjà été récupérées à l'hôtel et amenées ici.

Maddie ravala son souffle.

— Qui a décidé ça ?

— Moi.

— Eh bien, à mon tour de vous faire part de *ma* décision, décréta-t-elle, glaciale. Je suis venue en Italie pour interviewer une ancienne cantatrice du nom de Floria Bartrando. Je suppose que ça ne vous dit rien ?

— Le nom m'est familier.

28

— Vous m'étonnez ! Votre patron, le comte Valieri, était censé servir d'intermédiaire. Je sais bien qu'il y avait une clause de confidentialité autour de cette mission, mais ce… cet enlèvement… Ça dépasse les bornes ! Alors, nous allons arrêter là tout de suite, vous entendez ? J'annule l'interview et je pars d'ici dès que j'aurai récupéré mes bagages.

— Vous allez rester où vous êtes jusqu'à nouvel ordre, assena-t-il en s'avançant vers le lit.

Malgré elle, Maddie se recroquevilla contre les oreillers.

— N'approchez pas. N'essayez surtout pas de me toucher !

Il s'arrêta et un sourire méprisant étira ses lèvres.

— Vous vous flattez, *signorina*. Votre corps n'a aucun intérêt pour moi. Il ne représente qu'une monnaie d'échange, une fois que j'aurai négocié avec votre famille.

Maddie resta suffoquée, tandis qu'une foule de pensées se bousculait dans sa tête. Bien sûr, les prises d'otages existaient, mais concernaient principalement des touristes fortunés qui s'aventuraient dans des zones dangereuses. Pourquoi la capturer, *elle*, une documentaliste sans moyens, venue dans une province dite « civilisée » ?

— Ma parole, vous êtes fou ! Ma famille ne pourra jamais réunir une rançon. Mon oncle est directeur d'école et ma tante travaille dans une crèche. Ils ne pourront pas payer.

— Je ne parlais pas d'eux, mais de la famille dans laquelle vous allez vous marier, assena son interlocuteur d'un ton qui la fit frissonner. Ça leur coûtera cher de vous récupérer… saine et sauve.

Maddie le fixa, médusée. Il voulait soutirer de l'argent à la famille de Jeremy ? Mais pourquoi ? Simplement parce qu'ils étaient riches ?

— Avez-vous pensé aux conséquences ? Vous serez arrêté et condamné à des années de prison. Vous gâcherez votre vie.

Elle vit son regard se durcir, donnant l'impression que tous ses traits étaient taillés dans la pierre.

— Vous perdez votre temps, *signorina*. Aucune charge ne sera retenue contre moi.

— Que faites-vous du comte? demanda-t-elle en essayant de se raccrocher à ce qu'elle pouvait. C'est un homme respecté, un mécène. Ne me dites pas qu'il est au courant de vos agissements?

— C'est là que vous vous trompez. Il sait tout. Vous n'aurez qu'à lui poser la question ce soir au dîner. Je suis ici pour vous inviter à partager sa table.

— Vous pensez que je vais dîner en compagnie de quelqu'un qui me traite de cette façon? Plutôt mourir de faim!

— Si vous voulez vous comporter comme une idiote, c'est votre choix, dit-il d'un ton indifférent. Mais vous feriez mieux d'accepter la situation pour avoir l'air d'une femme et non d'un squelette le jour de votre mariage.

Il marqua une pause avant d'ajouter:

— Il y a une sonnette auprès du lit. Utilisez-la et une employée de maison viendra vous apporter ce que vous désirez.

— Tout ce que je désire, c'est sortir d'ici!

— Malheureusement pour vous, elle est loyale envers le comte, comme le reste du personnel. Donc, inutile de la persuader de vous aider.

— Est-ce qu'on me rendra mes vêtements? Je ne suis pas habillée pour dîner avec un geôlier sénile.

— On vous donnera ce qu'il faut pour vous couvrir, déclara-t-il. Vous vous en contenterez.

Sur quoi, il disparut par où il était venu.

Lentement, Maddie compta jusqu'à cinquante pour s'assurer qu'il était bien parti. Puis, repoussant le drap, elle bondit hors du lit et courut actionner la poignée. Comme elle s'y attendait, la porte était verrouillée. Mais il devait y avoir d'autres « vraies » portes dans cette pièce.

La première qu'elle ouvrit donnait sur un dressing qui ne contenait qu'un peignoir bleu et des chaussons en velours assortis. « Ce qu'il faut pour vous couvrir », avait-il dit.

Elle reprit son exploration et finit par découvrir une salle de bains, tout en marbre vert, avec une baignoire et une douche d'un style ancien. Il y avait une pile de serviettes et quelques produits de toilette — mais aucun de ceux qui lui appartenaient. Un grand miroir en pied occupait l'un des murs et elle resta un moment à examiner son reflet.

Votre corps n'a aucun intérêt pour moi…

De tout ce que le chauffeur avait dit, pourquoi se souvenait-elle précisément de ces mots-là ? Elle se trouvait plutôt bien faite. Et même si cette chemise de nuit n'était pas d'une couleur ou d'un style qu'elle aurait choisis, elle convenait à sa silhouette et à sa blondeur. Le bustier moulait ses seins et l'étoffe fluide flattait ses courbes.

Elle se détourna du miroir. Il fallait trouver le moyen de sortir de cette situation délirante et, d'une manière ou d'une autre, rejoindre l'aéroport de Gênes d'où elle pourrait regagner l'Angleterre.

S'il était impossible de s'échapper par les portes, il restait les fenêtres. Les deux premières paires de volets s'ouvraient sur des fresques représentant de superbes paysages italiens. Un lac perdu au milieu d'une forêt avec en surplomb un palais rococo. Des champs verdoyants bordés de majestueux cyprès.

« L'Italie que je m'attendais à voir… », songea Maddie avant de passer à la fenêtre suivante.

Elle repoussa les volets et retint son souffle. Les montagnes se dressaient à perte de vue, l'encerclant comme une immense cage, inébranlables et hostiles. Sous la fenêtre, la vue plongeait dans un précipice abrupt dont on ne voyait pas le fond.

Maddie inspecta les alentours, mais n'aperçut nulle part les toits de Trimontano. Dépitée, elle retourna s'asseoir sur le lit et tâcha d'évaluer la situation.

Son seul espoir semblait reposer sur le comte Valieri lui-même. Il suffisait de le persuader de changer d'attitude. Elle lui dirait que Nigel Sylvester était lui aussi un homme puissant et déterminé que personne ne souhaitait avoir pour ennemi, et que s'attaquer à lui, c'était s'exposer à de dangereuses représailles.

Le comte saurait qu'en maintenant sa position, il déclencherait une bataille qu'il n'avait aucune chance de remporter.

« Quant à moi, je me trouve entre les deux camps. Que va-t-il m'arriver ? »

4.

En dépit de ce qu'elle avait annoncé, Maddie avait fini par tirer le cordon de la sonnette, parce qu'elle était affamée et qu'il était plus sage de garder des forces.

Une employée était entrée presque aussitôt, portant une petite table qu'elle plaça près du lit. Une autre jeune fille la suivait, vêtue d'un tablier et d'un bonnet blancs, et chargée d'un plateau. Toutes les deux la saluèrent en souriant, lui souhaitèrent « *buon appetito* » et s'éclipsèrent.

Maddie entendit qu'on tournait une clé dans la serrure. Ma parole ! Ces deux femmes s'étaient comportées comme s'il était tout à fait normal de servir une inconnue enfermée dans une chambre.

En soupirant, elle inspecta le plateau. Il y avait un bol de potage qui sentait bon les herbes aromatiques, des petits pains chauds enroulés dans une serviette en lin, une assiette de viande froide et un gâteau au chocolat protégé par une cloche. Un pichet de vin, une bouteille d'eau minérale et un pot de café accompagnaient le tout.

Elle se jeta sur la nourriture. Tant pis pour les bonnes manières ! Le dîner de la veille lui semblait si loin.

Après cela, l'après-midi lui parut interminable. L'une des jeunes employées revint pour la débarrasser du plateau et lui apporter une lampe de chevet. Quand Maddie demanda si elle pouvait avoir un livre, la jeune fille murmura sur un ton d'excuse :

— *Non capisco.*

Et elle sortit très vite.

Maddie n'avait rien à faire, à part ressasser les mêmes pensées sombres et regarder le jour décliner. Pour rompre cette monotonie, elle prit un bain, mais il n'eut pas l'effet apaisant qu'elle avait espéré.

C'était si angoissant de se dire qu'on avait soigneusement préparé son rapt et que c'était sa relation avec les Sylvester qui la condamnait à cette épreuve. Mais l'homme de main du comte lui avait assuré qu'elle partirait saine et sauve. Elle devait se raccrocher à ça, se dit-elle avec courage. En attendant, combien de temps allait-on la laisser parmi toutes ces fausses portes ? Mon Dieu ! Elle allait devenir folle avant le versement de la rançon.

Le soir était tombé et elle avait allumé la lampe, quand la porte s'ouvrit de nouveau. Elle se dressa en sursaut, regrettant d'être seulement enveloppée d'un drap de bain. Mais ce n'était pas son ravisseur qui revenait.

Une femme à la robuste silhouette lui apportait sa brosse à cheveux et sa trousse de maquillage. Elle salua Maddie d'un bref signe de tête et entra dans la salle de bains. Un instant plus tard, elle en émergea, le visage plissé par une moue réprobatrice, en tenant la chemise de nuit que Maddie avait laissée par terre après son bain.

Elle plaça le vêtement avec soin sur le lit, puis alla chercher le peignoir dans le dressing.

— Habillez-vous, *signorina*.

Son anglais était saccadé et teinté d'un fort accent, mais c'était un début de communication, pensa Maddie en regrettant quand même de ne pas avoir affaire à la jeune employée souriante.

— Volontiers, répondit-elle. Quand j'aurai mes propres habits.

La femme montra le peignoir qu'elle avait disposé sur le lit.

— Ça… pour vous. C'est l'heure de manger. Dépêchez-vous.

— Ah, c'est vrai ! M. le comte n'aime pas qu'on le fasse

attendre, dit Maddie d'un ton sarcastique. J'ai bien envie de le laisser dîner seul.

— *E impossibile*, maugréa l'Italienne. Il vous demande. Il ne faut pas le mettre en colère, *signorina*.

— Sinon, il m'enverra son chauffeur-garde du corps pour me faire obéir?

Et comme la femme la regardait sans comprendre, elle ajouta :

— Oh! laissez tomber.

De toute façon, elle devait parler au comte pour essayer de lui faire entendre raison, pas pour provoquer sa colère, se rappela Maddie en entrant dans la salle de bains pour se changer. Elle ferait donc ce qu'on lui demandait. Pour l'instant, du moins.

Elle enfila le peignoir. Il était ample et très enveloppant et ne révélait presque rien. Quand elle eut noué la longue ceinture deux fois autour de sa taille, elle se sentit plus à l'aise. Renonçant à se maquiller, elle brossa ses cheveux et revint dans la chambre.

— *Fa presto, signorina*, fit l'employée avec impatience.

En lui emboîtant le pas, Maddie aperçut le trousseau de clés accroché à sa ceinture et à demi dissimulé sous le tablier. Elle évalua ses chances de réussir à l'arracher et de s'enfuir et décida qu'elles étaient trop minces pour tenter quoi que ce soit. Vu la carrure de son adversaire, elle n'aurait jamais le dessus. Sans compter qu'elle ignorait la configuration des lieux.

« Patience, le moment viendra. »

— Comment vous appelez-vous?

— Domenica, *signorina. Andiamo.*

Elles empruntèrent un long corridor qui se terminait par une volée de marches et, plus bas, par une arche fermée par un rideau. Domenica marchait d'un pas alerte et Maddie peinait à la suivre à cause du long peignoir qui s'enroulait autour de ses chevilles et traînait derrière elle. Au bout du couloir, Domenica l'attendit, les lèvres pincées, soulevant le rideau d'une main pour lui indiquer qu'elle devait passer la première.

La jeune femme déboucha sur une galerie qui surplombait une vaste salle de réception lambrissée. On se serait cru dans un château du Moyen Age. Au centre se trouvait une longue table de réfectoire ; deux canapés en cuir sombre flanquaient une cheminée de pierre où un feu crépitait. Une grande cage suspendue à une poutre abritait un perroquet, et à l'autre extrémité de la pièce trônait un piano à queue.

La salle était déserte. Hésitante, Maddie se tourna vers la gardienne. D'un doigt autoritaire, celle-ci montra le grand escalier et disparut.

Maddie n'eut d'autre choix que de soulever son peignoir et de descendre les marches de pierre. Si son hôte était si à cheval sur la ponctualité, pourquoi n'était-il pas là ? En attendant, elle pouvait toujours inspecter cette salle étonnante.

La table avait été dressée pour deux, ce qui la rassura. En revanche, elle eut tôt fait de comprendre qu'elle avait été de nouveau victime d'une illusion d'optique, car il n'y avait pas un seul lambris, mais seulement de la peinture habilement appliquée. Même chose pour la splendide cage et son ara. Et des deux imposantes doubles portes, une seule s'ouvrait — ou devait s'ouvrir une fois déverrouillée, rectifia-t-elle en actionnant en vain la poignée de fer forgé.

Heureusement, la vue du feu de cheminée bien réel dissipa quelque peu l'angoisse que lui procurait ce décor hallucinant. Comme elle traversait l'immense pièce pour se rapprocher du foyer, un grand tableau accroché au mur retint son attention. Elle crut d'abord qu'il représentait un berger allemand dressé sur un rocher contre un ciel de tempête. Sans doute le chien favori du comte. Quoique… La forme de la tête et le pelage ne correspondaient pas. Cette créature n'était pas un animal domestique.

— Mon Dieu… C'est un loup !

Maddie ne s'était pas rendu compte qu'elle avait prononcé ces mots. Jusqu'à ce qu'une voix s'élevât soudain derrière elle.

— *Sì, signorina*. Permettez-moi de vous souhaiter la bienvenue à la *Casa Lupo*. La Villa du Loup.

Maddie fit volte-face, le cœur battant. Le chauffeur se tenait à quelques mètres d'elle. Derrière lui, un pan de mur recouvert de faux lambris se refermait en coulissant silencieusement.

L'homme était vêtu d'un pantalon noir et d'une chemise de soie blanche, cette fois, et cette tenue formelle le rendait plus intimidant. Maddie dut lutter pour s'empêcher de faire un pas en arrière.

— Que faites-vous ici ? demanda-t-elle.

La question le surprit.

— Je viens pour dîner. Quoi d'autre ?

— Le comte a l'habitude de dîner avec son personnel ? s'enquit-elle en dressant le menton.

— S'il en a envie, pourquoi pas ?

— Et moi qui espérais ne plus vous revoir ! Mais il va nous rejoindre, n'est-ce pas ? reprit-elle, incapable de dissimuler sa crainte.

— Plus tard peut-être. Est-ce important ?

— Evidemment ! Je dois à tout prix lui parler, lui faire entendre raison.

— Vous gaspillerez votre salive. Votre opinion ne changera pas son plan.

— Qui me dit que vous ne le retenez pas quelque part, lui aussi ? répliqua Maddie.

— Vous avez une imagination débordante. Le comte Valieri est tout à fait libre. Maintenant, je vous conseille de vous calmer et de prier pour que la famille de votre *fidanzato* réagisse vite afin d'obtenir votre libération.

— Et s'ils ne le font pas ?

Il haussa les épaules.

— Alors, malheureusement, il faudra faire pression sur eux.

Après une pause délibérée, destinée à lui faire comprendre toute la portée de cette menace, il ajouta :

— Pour l'heure, il convient de rester optimiste.

A l'extrémité de la salle, une porte s'ouvrit et la jeune employée souriante entra, poussant une desserte sur laquelle étaient disposés des bouteilles et deux verres.

— Détendez-vous et prenez un *aperitivo* avec moi, reprit l'homme en s'adressant à Maddie.

— Non, merci. Ça n'a rien d'une fête, dit-elle avec mépris.

— Je crois que vous appréciez le vin blanc additionné d'eau gazeuse, poursuivit-il en ignorant l'interruption.

Seigneur ! Comment avait-il appris ce détail ? s'interrogea-t-elle, le souffle court.

— Ce n'est pas seulement votre alcool que je n'accepte pas, mais votre compagnie. Je n'ai aucune envie de supporter la présence d'une brute dans votre genre ! Je préfère rester enfermée dans la chambre, dit-elle en se tournant vers l'escalier.

— Vous resterez ici. J'insiste.

Puis il adressa des instructions en italien à la jeune domestique. Quelques secondes plus tard, celle-ci plaça un verre qui contenait du vin blanc et du soda dans la main de Maddie.

Dans une pulsion puérile, elle eut envie de jeter la boisson à la figure de son geôlier et de voir sa froideur impassible se muer en une expression humaine — enfin. Mais le provoquer n'était sans doute pas la meilleure chose à faire, se dit-elle in extremis.

— *Grazie*, répondit-elle, les dents serrées.

Le sourire de la jeune fille s'élargit.

— *Prego…*

Celle-ci versa une dose de scotch dans un verre de cristal et le tendit à l'homme avant de s'esquiver, les laissant seuls.

— *Salute*, dit le chauffeur en levant son verre.

Maddie lui répondit du bout des lèvres, ce qui le fit sourire.

— Laissez-moi deviner… Au lieu de boire à ma santé, vous préféreriez me voir mort à vos pieds ?

— On ne peut rien vous cacher. Cela dit, vous parlez

un anglais impeccable. C'est à force d'attaquer les touristes que vous avez appris la langue, je suppose.

Le sourire de son interlocuteur se fit carnassier.

— S'ils se laissent faire… pourquoi pas ?

Sentant un frisson glacé lui parcourir l'échine, Maddie se mit à parler très vite.

— Où sont passées mes affaires ? Et surtout, ma bague et ma montre. Vous pouvez sûrement me les rendre…

— Vous devrez vous en passer. Vos affaires et certains documents sont en route pour Londres. Ce sont des preuves que vous êtes bien entre nos mains.

— Comment pouvez-vous faire ça ? s'exclama-t-elle. Jeremy va être dévasté et fou d'inquiétude !

— Cela forcera les Sylvester à réagir. Si nous parvenons à un accord, votre diamant brillera de nouveau à votre doigt très bientôt.

— Vous avez aussi envoyé mes vêtements ? Mais j'en ai besoin ! protesta-t-elle en montrant sa tenue. Vous ne pouvez pas exiger que je porte ça tous les jours. C'est… c'est dégradant !

— Dégradant ? Je ne pense pas que vous connaissiez le sens de ce mot. Vos vêtements vous seront remis quand vous ne serez plus tentée de vous échapper. Pas avant. De quoi vous plaignez-vous ? Cette tenue vous couvre de la tête aux pieds, à l'inverse de la robe que vous portiez hier soir, dit-il en laissant errer son regard ambré sur sa silhouette.

Maddie prit une profonde inspiration.

— Vous m'avez portée dans la chambre, mais je voudrais savoir… Qui m'a déshabillée ?

— Je serais tenté de vous mentir, mais je n'en ferai rien. C'est Domenica.

Troublée par le regard qu'il promenait sur elle, Maddie s'éloigna vers l'autre bout de la salle, s'arrêtant devant la cage peinte et son silencieux captif.

— Pourquoi n'y a-t-il rien de vrai dans cette maison ?

— Ce style de décoration est très prisé dans la région, dit-il. Vous vous y habituerez.

— J'espère que je serai partie avant !

Maddie avala une gorgée pour se fortifier et s'approcha du piano. D'un geste machinal, elle appuya sur une touche.

— Voilà au moins quelque chose de réel. Le comte est pianiste ?

— Il a pris des leçons dans son enfance, mais ce n'est pas un virtuose. Il ne joue que pour son plaisir. Pourquoi cette question ?

Maddie posa sur lui un regard plein de défi.

— Je ne comprends pas qu'un homme qui se prétend cultivé puisse se comporter de façon aussi barbare.

Son interlocuteur haussa les épaules.

— La fin justifie les moyens.

— Alors, dites-moi ce qui justifie l'enlèvement de quelqu'un que vous ne connaissez même pas !

— Ce n'est pas tout à fait vrai. Nous connaissons beaucoup de choses à votre sujet. Votre âge, votre profession, vos relations, votre taille de vêtements… Et notre but est d'obtenir réparation. Votre malchance est d'être l'instrument qui nous permettra d'y parvenir… Maddalena.

— Je vous interdis de m'appeler ainsi ! protesta Maddie.

— *Che peccato*. Quel dommage…

Il but une gorgée du whisky tout en la regardant par-dessus son verre.

— Vous à l'inverse, vous êtes libre de m'appeler Andrea.

— Dans vos rêves, *signore* !

Un sourire joua de nouveau sur les lèvres de son compagnon.

— Mes rêves sont suffisamment animés comme ça, mais je prends note de votre suggestion. Et maintenant, si nous passions à table ? Notre dîner va être servi.

Dans une autre dimension, Maddie aurait refusé tout ce qu'on lui présentait en gardant un visage de marbre. Mais c'était la vraie vie et, à sa grande honte, elle mangea avec appétit. Après les *antipasti*, il y eut des filets de poisson en sauce avec des pointes d'asperges, un ragoût de veau au vin avec des légumes, et pour finir, du fromage et une *panna cotta* accompagnée d'un coulis de fruits rouges. Sans oublier l'excellent vin italien.

Après le café, on servit la *grappa*, une eau-de-vie faussement inoffensive, comme Maddie le découvrit en y trempant les lèvres avec précaution.

En tout cas, elle ne pouvait reprocher au chauffeur du comte de ne pas tenir son rôle d'hôte de substitution. Même si elle ne lui répondait que par monosyllabes, il continuait d'entretenir la conversation comme s'il s'agissait d'une réception dont elle était l'invitée d'honneur.

— Qu'avez-vous pensé de *Rigoletto* ? demanda-t-il.

— C'est une histoire tragique. Peut-être était-ce un avant-goût de ce qui m'attendait ?

Andrea se mit à rire.

— Vous pensez qu'on va vous tuer et qu'on vous jettera dans un sac comme Gilda ? Quel gâchis !

— Quand le comte espère-t-il recevoir des nouvelles de Londres ?

— Il a déjà reçu un message disant seulement que les preuves que vous étiez son invitée étaient parvenues à destination. Désormais, la situation est entre les mains de votre *fidanzato* et de son père.

— Alors, je serai sortie d'ici sous quarante-huit heures ! s'exclama Maddie, pleine d'espoir.

— Possible…

— Je serai libre ! Et vous et votre patron serez sous les verrous, poursuivit-elle avec agitation. Parce que la première chose que je ferai, ce sera de me rendre au commissariat pour porter plainte.

— Vous risquez de changer d'attitude d'ici là.

— Aucune chance, *signore*.

Puis, comme une pensée lui traversait l'esprit, elle ajouta :

— A moins que vous ne soyez prêt à vous tirer d'affaire en passant un marché ?

Il fronça les sourcils.

— Que suggérez-vous exactement ?

— Vous me conduisez à Gênes, en échange de quoi je ne dirai pas un mot de cette aventure. Pas de plainte à la police, pas de prison. Mon silence contre ma liberté. Qu'en dites-vous ?

— Que ça n'est pas vraiment un marché.

Son regard cynique s'attarda sur la bouche de la jeune femme, puis sur le galbe de ses seins sous les pans du peignoir.

Maddie avait de plus en plus de mal à respirer. Elle avait l'impression que son sourire insolent lui égratignait la peau.

— Rien d'autre à offrir ? demanda-t-il.

Elle déglutit avec peine.

— Je… Je crois vous avoir entendu dire que je ne vous intéressais pas.

Andrea haussa les épaules.

— Nous sommes très isolés ici et, sur ce plan-là, mon choix est forcément limité. Je suis donc prêt à me laisser tenter.

— Espèce de mufle ! Vous me dégoûtez et j'espère que vous pourrirez au fond d'une cellule. Je raconterai aux autorités tout ce qui concerne cette maison… et les sinistres personnages qui l'occupent ! Mon histoire fera la une des journaux…

— J'ai bien peur que cela ne se termine autrement, l'interrompit-il d'un ton calme.

Maddie se leva.

— C'est vous qui devriez avoir peur, le menaça-t-elle, tremblante. Le comte a été mal inspiré quand il a décidé de s'en prendre à Nigel Sylvester. Il va regretter d'être né, je vous le garantis !

Leurs regards s'affrontèrent et Maddie lut l'expression amusée de son interlocuteur, mêlée à quelque chose d'indéfinissable.

— Maddalena, il se pourrait que ce soit l'inverse, dit-il

d'un ton énigmatique. Maintenant, filez avant que je sois tenté de changer d'avis ! Et ne me demandez pas ce que j'entends par là. Parce que vous le savez très bien. Alors, ne m'agacez pas davantage avec vos petits jeux. Partez !

Maddie se surprit à lui obéir. Elle se dirigea vers l'escalier avec le plus de dignité qu'elle put, en faisant attention à ne pas trébucher.

Arrivée sur la galerie, elle fut presque contente de retrouver la solide présence de Domenica.

Et pour une fois, elle était soulagée que l'étrange chambre qui lui servait de cellule possédât une porte fermant à clé.

5.

Aujourd'hui ! Ce serait forcément aujourd'hui…, pensa Maddie en fixant le panorama des montagnes par la fenêtre.

Déjà la veille, l'avant-veille et le jour d'avant, elle avait attendu. La nuit, elle restait éveillée, s'imaginant entendre la voix de Jeremy. Mais ce n'était qu'un rêve.

« Ou plutôt un cauchemar, car je suis sûre qu'à un moment il m'a appelée… "Maddalena" ».

Elle sentit le feu lui monter aux joues. L'enfermement la rendait folle…

Elle se tourna vers l'intérieur de la chambre. D'après ce qu'elle avait pu voir jusque-là, la maison était très grande, mais elle n'avait aucune idée de la disposition des pièces ni du nombre de personnes qui y vivaient, en dehors du comte et de son chauffeur. Andrea…

Cet homme était un prédateur aussi dangereux que le loup qui avait donné son nom à la villa. Et aussi énigmatique que la raison pour laquelle elle était détenue ici.

Elle alla s'étendre sur le lit, déployant autour d'elle les plis du peignoir et de sa chemise de nuit. Une parure améthyste, cette fois ; celle de la veille avait été couleur rubis, les précédentes turquoise et bleue. Elle se demanda en souriant ce que Jeremy penserait de ces somptueuses tenues qui rehaussaient l'éclat de son teint et de sa chevelure. Quant à celle qu'on lui fournirait demain… Il fallait espérer qu'elle ne la verrait jamais.

C'est le comte qui avait acheté cette luxueuse lingerie ;

pourtant il continuait de jouer les hommes invisibles. Elle avait même cessé de poser des questions à son sujet, en comprenant qu'elle perdait son temps. Sans doute avait-il trop honte ? C'était plus facile d'abandonner sa victime à son homme de main qui n'avait pas autant de scrupules, lui !

Elle ne voyait son geôlier que le soir au dîner et, Dieu merci, elle n'était plus seule avec lui. Un homme en livrée de majordome, Eustacio, faisait le service, et la petite bonne souriante l'assistait. Maddie avait appris qu'elle s'appelait Luisa.

Les repas étaient presque silencieux désormais. Plus de conversations sur l'opéra, ou sur quelque autre sujet, d'ailleurs. Elle évitait de demander si on avait des nouvelles de Londres afin que son adversaire ne puisse pas mesurer son anxiété — et savourer sa victoire…

Maddie soupira. Elle devait s'efforcer de trouver un moyen de sortir de cette situation au lieu de se morfondre en attendant qu'on vienne la secourir. Sauf que dans son accoutrement, c'était difficile de prendre la fuite.

Malheureusement, à moins de corrompre un membre du personnel, ses chances de mettre la main sur une tenue ordinaire semblaient quasi nulles. Et quand elle n'était pas enfermée dans cette chambre, elle était sous la surveillance de quelqu'un.

Cependant, sa « cellule » était confortable et elle ne pouvait se plaindre de la nourriture, admit-elle. Ce midi, on lui avait servi une salade au poulet, une assiette de pâtes *alla carbonara* et des fraises, le tout accompagné d'une petite carafe de vin et d'un pot d'excellent café.

Le deuxième soir, elle avait demandé à Andrea si on pouvait lui donner le livre qu'elle s'était acheté à l'aéroport.

— Je ne voudrais pas perturber vos précieuses négociations en mourant maintenant. De solitude et d'ennui ! avait-elle ajouté avec ironie.

Il lui avait retourné un regard glacial, mais quand elle était remontée à sa chambre, le roman se trouvait sur la table de chevet. Et la veille, à sa grande surprise, il lui avait proposé d'emprunter des livres de la bibliothèque du comte, en précisant que Domenica l'y escorterait. Espérait-il qu'en lui montrant un peu de gentillesse et de considération il la persuaderait de témoigner en sa faveur plus tard ? Eh bien, il risquait d'être déçu !

Maddie fut tirée de sa rêverie par un bruit de voix derrière la porte et le cliquetis d'une clé dans la serrure. Domenica entra, plus revêche que jamais, suivie de l'employée qui avait apporté le plateau du déjeuner.

Celle-ci semblait apeurée. Une mèche de cheveux s'échappait de sa coiffe et une tache salissait son tablier blanc. Maddie déduisit que c'était son apparence qui suscitait la réprobation de la gardienne.

— Vous souhaitez des livres, *signorina* ? lui demanda Domenica, tandis que la jeune fille débarrassait le plateau. *Andiamo !*

Elle pressa l'employée hors de la pièce, et Maddie suivit les deux femmes. A mi-couloir, Domenica s'arrêta, désigna du menton une porte en donnant des ordres d'un ton sec.

La petite bonne ouvrit et pénétra dans le local. Par-dessus l'épaule de Domenica, Maddie vit qu'il s'agissait d'une lingerie avec des étagères contenant les tenues du personnel. Petites robes noires, tabliers de dentelle d'un côté, gilets gris et pourpres, pantalons sombres et chemises blanches de l'autre. Il y avait également des rangées de chaussures et de bottes, et au fond, les blouses blanches et les calots du personnel de cuisine. Sous le regard sévère de Domenica, la jeune fille choisit un tablier propre, tout en retenant ses larmes.

Maddie sentit son cœur bondir d'un fol espoir. Des vête-ments ! Toute une garde-robe qui lui offrirait un déguisement parfait, derrière une porte non verrouillée et à quelques mètres à peine de sa chambre… Si seulement elle avait su ! Mais qu'aurait-elle pu faire ? Démolir les maudites parois en trompe-l'œil pour les atteindre ? Du reste, cela n'avait plus d'importance maintenant, puisqu'elle était sur le point de partir d'ici.

On referma la lingerie. Quand la jeune fille eut disparu, Maddie se tourna vers Domenica.

— N'avez-vous pas été un peu dure avec elle?

L'employée de maison haussa les épaules.

— Elle est *sciatta!* Malpropre. Son Excellence serait furieux de la voir vous servir ainsi.

— Mais il n'est jamais là! fit remarquer Maddie.

— Son Excellence voit tout, répliqua l'Italienne d'un ton qui n'admettait aucune réplique.

Lorsqu'elles débouchèrent sur la galerie, Domenica ignora l'escalier qui menait à la salle à manger et emprunta le couloir à l'autre extrémité. Celui-ci se terminait apparemment en cul-de-sac. Mais Maddie commençait à être habituée aux pièges de cette maison; aussi ne fut-elle pas surprise quand le mur devant elle s'ouvrit, révélant une volée de marches. Quel casse-tête si elle devait retrouver seule la sortie de ce labyrinthe! pensa-t-elle.

Au pied de ce petit escalier tournant, le passage se divisait en deux. D'un côté, elle distingua un brouhaha de voix et un fracas qui indiquaient clairement les cuisines. De l'autre se trouvait une arcade dissimulée par un rideau. Domenica emprunta cette direction.

Maddie commençait à avoir le tournis. A mi-chemin du large corridor, l'employée s'arrêta et frappa à une double porte qui, comme par miracle, se révéla réelle.

De l'intérieur, une voix d'homme répondit « *Entrare* ». Domenica s'effaça pour la laisser passer. La pièce était grande, carrée, et chaque mur était couvert de livres. Du moins en apparence, pensa la jeune femme.

Elle avait reconnu la voix et savait qui l'attendait. Vêtu d'une chemise en jean, Andrea était assis derrière un énorme bureau, son visage sombre penché sur la lettre qu'il écrivait, sa main glissant doucement sur le papier.

Du papier couleur crème, remarqua Maddie. Et de l'encre noire. Des détails familiers, comme son écriture…

« J'aurais dû le deviner. Oui, j'aurais dû savoir. Parce que rien n'est ce qu'on croit à la *Casa Lupo*. Rien… ni personne ! »

— Asseyez-vous, *signorina*, dit-il sans lever les yeux.

— Je préfère rester debout… Votre Excellence, répondit-elle froidement. Qui se joue de l'autre, maintenant ?

Il haussa les épaules.

— Je savais que vous verriez le portrait du défunt comte au théâtre et je n'ai pas pu résister au plaisir de vous dissimuler mon identité.

— Ça, je veux bien le croire ! Tout dans cette maison n'est que tromperie et faux-semblants. Pourquoi s'arrêter à quelques murs peints, n'est-ce pas ?

— Si vous voulez voir les choses de cette façon… Mais j'avais aussi d'autres raisons. On apprend beaucoup sur quelqu'un par la façon dont il traite les gens supposés inférieurs.

— Je ne vous prenais pas pour un être inférieur, répliqua Maddie, mais pour un bandit et un maître chanteur ! Et je le pense toujours.

— Dommage. Parce que vous et moi, *mia bella*, nous allons devoir nous supporter encore quelque temps.

Maddie déglutit avec peine en mesurant ce que ces paroles impliquaient.

— Vous voulez dire… que je ne vais pas partir tout de suite ? Pourquoi ? Que s'est-il passé ? dit-elle d'une voix étranglée.

Andrea signa sa lettre et la sécha à l'aide d'un buvard.

— Il n'y a toujours aucune réponse de la part de la famille de votre *fidanzato*. Il semble que votre libération ne soit pas la première de leurs priorités. Que voulez-vous, ces gens-là sont comme ça.

— Vous mentez ! Jeremy ne me laisserait jamais croupir

ici. Vous ne comprenez pas ? cria-t-elle en abattant son poing sur le bureau. Nous allons nous marier !

— *Sì*, acquiesça-t-il avec une parfaite désinvolture. Dans six semaines exactement. J'espère que l'affaire qui nous concerne sera réglée avant. J'ai posé mes conditions. Tout ce qu'ils ont à faire, c'est de les accepter. C'est simple.

— Pas pour Nigel Sylvester, dit-elle d'une voix tremblante. On ne dicte pas sa conduite à un dictateur !

— Non, admit Andrea. On le bat sur le terrain.

— Sans égard pour les innocents impliqués ?

— Ah, fit-il en se renfonçant dans son fauteuil, c'est à vous que vous faites allusion ? Pourtant, je vous ai écartée du conflit, me semble-t-il.

— Et moi, je tiens à être auprès de l'homme que j'aime et me battre à ses côtés, répliqua-t-elle en le foudroyant du regard.

— Alors, vous serez déçue.

Il montra un carton posé sur une table.

— Vous trouverez une sélection de livres en anglais. Pour vous faire passer le temps plus agréablement.

— Allez au diable, vous et vos bouquins ! Je n'accepterai rien de vous.

— Vous n'êtes pas raisonnable, commenta le comte avec calme. Je ferai porter les livres dans votre chambre. Si vous voulez les jeter par la fenêtre, *naturalmente*, vous êtes libre. Mais si la famille de votre *fidanzato* s'obstine dans son silence, vous pourriez le regretter.

— Et arrêtez de l'appeler ainsi ! protesta Maddie. Son nom est Jeremy.

« Prononce son nom. Garde à l'esprit son visage, le son de sa voix. Raccroche-toi aux merveilleux souvenirs que tu as partagés avec lui et à l'espoir de le revoir bientôt… »

— Le mien est Andrea. Un nom que vous refusez toujours d'utiliser… Maddalena, fit-il en l'observant, paupières mi-closes. Je sais maintenant que la photo qu'on m'a montrée de vous ne vous rend pas justice, *mia bella*. Vous aviez l'air *convenzionale*, et même un peu terne. Or, vous avez du tempérament, ce qui donne de l'éclat à votre regard et à vos joues pâles. La sage rose anglaise se transforme en tigresse.

Maddie serra les poings.

— N'allez pas vous imaginer que je trouve vos remarques flatteuses, *signore*.

Andrea esquissa un sourire amusé.

— Quel mal y a-t-il à dire à une femme que les sentiments passionnés la rendent belle ? Est-ce que votre Jeremy vous l'a dit ?

— Ma relation avec lui ne vous regarde pas. Maintenant, je remonte dans ma chambre.

— Je ne vous retiens pas. D'abord, parce que j'ai d'autres lettres à écrire. Ensuite, parce que ce n'est pas encore le bon moment. Mais les choses changeront.

Leurs regards s'accrochèrent, et une onde vibrante comme un courant électrique passa entre eux. Des paillettes dorées enflammaient les iris ambrés d'Andrea et Maddie constata avec stupeur qu'elle avait toutes les peines du monde à détourner les yeux.

— Jamais, vous entendez ? dit-elle d'une voix hachée. Jamais de la vie !

Elle pivota dans un bruissement de soie et se rua vers la porte qu'elle ouvrit d'un geste brusque, faisant sursauter Domenica qui l'attendait juste derrière.

Maddie partit au pas de course, en dépit de ses jambes tremblantes, et s'efforça de refouler les sanglots qui lui serraient la gorge. Elle avait envie de hurler et de frapper les murs. Mais pour ça, elle attendrait d'être seule afin que personne ne puisse se moquer de sa détresse ou deviner à quel point elle avait peur. Et cela, pour des raisons qu'elle refusait de s'avouer…

Arrivée devant sa chambre, elle entra et referma le battant d'un coup de pied. Elle s'attendait presque à voir Domenica surgir pour lui dire sa façon de penser ; mais il n'y eut qu'un long silence, au bout duquel Maddie entendit la clé tourner dans la serrure.

Elle se jeta sur le lit et enfouit son visage dans les oreillers. Les larmes la submergèrent, brûlantes et incontrôlables. Maddie les accueillit avec soulagement, sentant confusément qu'elle libérait ainsi toutes les tensions et les peurs qu'elle surmontait tant bien que mal depuis que ce cauchemar avait commencé.

Une fois la crise passée, elle se redressa et ramena ses mèches humides en arrière. Elle se sentait vidée.

Elle avait trop compté sur les autres, s'imaginant qu'on remuait ciel et terre pour la libérer. Le plus dur à accepter était l'hypothèse que Nigel Sylvester refusait d'intervenir. A l'inverse, Jeremy devait se battre pour elle. Mais il n'avait aucun moyen de lever des fonds pour une rançon, quel qu'en soit le montant. Seul son père disposait de l'argent.

« Et je me demande combien je vaux en espèces sonnantes et trébuchantes... », se dit-elle, amère.

Chassant ses idées sombres, elle décida que le moment était venu d'organiser sa fuite. Certains points étaient en sa faveur. Elle savait maintenant où se procurer des vêtements et elle connaissait un peu les lieux. Restait bien sûr le problème de cette porte verrouillée, mais c'était un début...

Peut-être était-elle aussi trop pessimiste. Qui sait si on n'essayait pas secrètement de la localiser ? Jeremy était peut-être en route pour la délivrer...

— Oh ! mon amour, j'ai tellement besoin de toi ! Pour l'amour du ciel, fais vite !

Elle faillit ajouter : « Avant qu'il soit trop tard. »

6.

Tout en prenant une douche pour effacer les traces de sa crise de larmes, Maddie décida que, pour organiser sa résistance, elle devait regagner le terrain qu'elle avait perdu.

Elle avait eu tort de se mettre en colère et de laisser Andrea Valieri voir à quel point l'absence de réponse des Sylvester l'angoissait. Et réagir de façon exagérée à ses remarques plus personnelles avait été de la folie pure. A partir de maintenant, que les nouvelles soient bonnes ou mauvaises, elle ne broncherait pas et resterait de marbre face à ses commentaires ouvertement sexuels. En même temps, elle guetterait la moindre occasion de s'évader. Une fois hors de ces murs, elle trouverait bien de l'aide quelque part. Il devait y avoir un village aux alentours avec des moyens de communication.

Elle s'enveloppa dans un drap de bain et revint vers la chambre pour faire une sieste — rituel qui l'aidait à tuer le temps. Quand elle se réveillerait, une nouvelle chemise de nuit et son peignoir assorti l'attendraient. Comme d'habitude.

« Vert émeraude cette fois, je suppose. Même si ce n'est pas la couleur qui me va le mieux. Je me demande s'il s'en rendra compte », pensa-t-elle, cynique, en s'étendant sur le lit.

Ce qui l'horrifiait le plus, c'était de savoir qu'elle n'était qu'un pion dans une guerre que se livraient deux hommes aussi arrogants l'un que l'autre. On sacrifiait facilement les pions…

Stop ! Elle refusait d'être une victime. Elle avait décidé de prendre sa vie en main, oui ou non ?

Elle finit par s'endormir et, quand elle s'éveilla, la chambre était plongée dans l'obscurité. Comme elle l'avait prédit, une nouvelle parure avait été déposée au pied du lit. Non pas vert émeraude, mais noire. La coupe en était beaucoup plus audacieuse. Le peignoir à large empiècement carré se fermait par des boutons de velours. Quant à la chemise de nuit, elle était presque aussi transparente qu'un voile, avec deux fins rubans soutenant le minuscule bustier.

Le message était clair, pensa Maddie, furieuse. Qu'à cela ne tienne, elle porterait cette fichue parure comme si de rien n'était !

Elle vit aussi la caisse de livres sur la table et, juste à côté, son lecteur de CD et sa compilation des arias de Floria Bartrando.

Mais elle avait décidé de rester insensible à ces attentions. Andrea Valieri était son ennemi et, une fois qu'elle sortirait d'ici, il paierait cher pour la façon dont il l'avait traitée.

« Si Jeremy ne le tue pas avant », pensa-t-elle avec colère.

Ce soir-là, ce fut Luisa qui vint pour l'escorter jusqu'au rez-de-chaussée. En la voyant dans cette tenue, celle-ci resta bouche bée.

Maddie avait bien conscience que ce peignoir affriolant soulignait sa taille mince et que son décolleté révélait le galbe de ses seins.

— Je sais ce que vous pensez, marmonna-t-elle. Eh bien, vous avez tort…

En passant devant la table, elle s'empara du CD et suivit la jeune fille. Elles se trouvaient encore dans le couloir quand Maddie entendit la musique. Quelqu'un jouait un air doux et entraînant au piano. Elle s'arrêta pour écouter, puis se rappela les paroles d'Andrea Valieri : « Le comte n'est pas un virtuose. Il joue pour son plaisir… »

Oh ! pour ça, il ne ratait pas une occasion de s'amuser !

Qu'allait-il tenter la prochaine fois ? Une sérénade à la mandoline sous sa fenêtre ?

Maddie s'arrêta dans l'escalier pour l'observer. La musique était séduisante, et les notes tour à tour joyeuses, mélancoliques, retentissantes.

La tête penchée au-dessus du clavier, Andrea Valieri semblait imperméable à ce qui l'entourait. Mais Maddie ne s'y trompa pas. Il avait perçu sa présence même à cette distance. C'était aussi palpable qu'une caresse sur sa peau nue.

Elle se rendit compte que ses seins se dressaient sous la fine étoffe qui les moulait et que son corps était animé d'un désir d'onduler au rythme de la mélodie et de se porter vers lui.

Quand la dernière note vibra, elle applaudit lentement.

— Bravo, *signore*. Et vous disiez que vous n'étiez pas un virtuose ?

Ce disant, elle descendit les dernières marches.

— Vous me flattez, *signorina*, déclara Andrea en se levant. Ça m'étonne de vous.

— Je n'ai pas reconnu la musique. Qu'est-ce que c'était ?

— Une composition d'un de mes amis, inspirée d'un vieil air folklorique.

— C'était très beau.

— Il serait ravi de vous entendre. Il donnera un récital à Trimontano à l'automne.

— Ah oui, le festival… Ça me fait penser… Merci de m'avoir rendu mon lecteur, mais vous pouvez garder ceci, dit Maddie en posant le CD sur la longue table. Je ne veux pas de souvenirs du temps que j'ai passé dans cet endroit !

— Pourtant, c'est Floria Bartrando qui vous a amenée ici.

— Quand je faisais une recherche documentaire pour la télévision. Aujourd'hui, je doute que cette cantatrice existe réellement, répondit-elle d'un ton amer.

— Au contraire, elle est en parfaite santé et a la ferme intention de rechanter un jour. Quand le moment sera venu.

— Alors, elle le fera sans aide de ma part. Sait-elle que vous l'avez impliquée dans votre plan machiavélique ?

— Je n'aurais pas utilisé son nom sans sa permission.

— Tiens, il vous arrive d'avoir des scrupules ? En tout cas, je m'étonne qu'une diva à la voix d'ange se prête à un rapt avec tentative d'extorsion de fonds. A-t-elle des difficultés financières ?

— Elle mène une vie tout à fait confortable.

Maddie regarda autour d'elle.

— Vous aussi, on dirait. A moins que les marchés de l'huile d'olive et des céramiques s'essoufflent ?

Andrea arqua ses sourcils sombres.

— Non, mais vous vous êtes renseignée…

— Pas suffisamment. Par exemple, je n'ai pas trouvé la date de la disparition du comte Cesare Valieri.

— Il le voulait ainsi. C'était un homme très secret.

— Heureusement qu'il n'est plus là pour voir son nom traîné dans la boue. Mais peut-être se considérait-il comme vous au-dessus des lois ?

— Personne n'est au-dessus des lois, *mia bella*.

Il esquissa un sourire dévastateur et Maddie dut surmonter l'envie de reculer d'un pas.

— Ne… Ne m'appelez pas comme ça.

— Je vous promets que je suis sincère.

Il l'examina avec attention, s'attardant sur son corps comme s'il l'imaginait sans cette parure.

— Vous étiez ravissante jusque-là, Maddalena. Mais ce soir, vous êtes époustouflante.

— Arrêtez… Vous n'avez pas le droit !

— Il n'y a pas lieu de paniquer, dit-il d'une voix traînante. Je vous faisais un compliment. Ce n'était pas une tactique de séduction.

— La séduction sur une femme captive ? Vous avez l'intention de… me violer ?

— Non ! Vous m'insultez ainsi que le nom que je porte

en insinuant une chose pareille. Je vous jure sur l'honneur de ma famille que jamais je n'ai pris une femme contre son gré.

Il plissa les yeux et poursuivit :

— Si vous êtes honnête envers vous-même, vous devez déjà le savoir. Est-il possible que vous soyez encore innocente et que vous ignoriez comment un homme exprime son désir ?

— Bien sûr que non ! Vous savez très bien que je suis fiancée et sur le point de me marier. Jeremy et moi, nous sommes passionnément amoureux.

Andrea haussa les épaules.

— L'un n'empêche pas l'autre. Et vous semblez étrangement... intacte.

— Ça suffit ! Je ne vais pas endurer vos commentaires sexistes en plus de tout ce que vous m'infligez déjà.

— Ça ne sera pas nécessaire en effet, car j'ai déjà ma petite idée sur votre expérience de la passion. Vous ne vous êtes jamais demandé, *mia cara*, s'il y avait mieux que ça ?

Maddie lui retourna un regard noir.

— Aimer quelqu'un et vouloir passer sa vie avec lui, ce n'est pas se limiter au sexe !

— Alors, où est-il, cet amant dévoué et passionné ? A sa place, j'aurais déjà pris cette maison d'assaut en offrant tout ce que je possède pour pouvoir vous tenir dans mes bras. Et pour commencer, je ne vous aurais jamais permis de partir sans moi. J'aurais fait en sorte que vous soyez dans mon lit chaque nuit pour vous protéger. Pourquoi ne l'a-t-il pas fait ? s'enquit-il d'une voix dure.

Dans mon lit pour vous protéger... , se répéta Maddie, troublée. Ce type était fou. Dans quel monde vivait-il ?

— Jeremy mène une importante carrière, répondit-elle, sur la défensive. Il avait autre chose à faire que de me suivre en Italie.

Andrea esquissa une moue de mépris.

— En d'autres termes, *mia bella*, il obéissait aux ordres de son père. Non, n'essayez pas de le nier, ajouta-t-il en voyant qu'elle ouvrait la bouche pour protester. Moi aussi, je me suis renseigné.

— Sauf sur mon futur beau-père. Bon sang ! Comment puis-je vous convaincre qu'il ne cédera jamais à vos exigences ? J'espère qu'à l'heure qu'il est Interpol me recherche.

— Je ne compterais pas là-dessus, à votre place.

A cet instant, un bruit de porte suivi du léger grincement de la desserte annonça l'arrivée de Luisa.

Maddie laissa échapper un soupir de soulagement. Elle accepta le verre de vin blanc et soda que la jeune fille lui tendait. Quand elle eut servi le whisky d'Andrea, celle-ci s'éclipsa, les laissant de nouveau seuls.

Cherchant un sujet de conversation neutre, Maddie s'approcha de la cheminée et leva les yeux vers le tableau.

— Bizarre, comme peinture… Est-ce le loup qui a donné son nom à la villa ?

— Non, celui-ci était simplement un symbole, peint à partir de photographies. A l'origine, cette maison s'appelait la *Casa d'Estate*, la villa d'été. Mon grand-père l'a rebaptisée, car c'était un ardent défenseur du loup des Apennins qui était alors menacé de disparition. Il a dû s'opposer aux bergers locaux et aux chasseurs et il a fait faire ce tableau pour montrer à quel camp il appartenait.

— Il n'a pas dû se rendre très populaire, déclara Maddie.

— Non, mais pour les gens d'ici, il était le *padrone*. Et comme il traitait bien ses employés, ceux-ci le respectaient. C'était aussi un homme très déterminé.

— Un trait qu'il vous a légué, apparemment, dit-elle d'un ton moqueur.

A sa grande surprise, Maddie vit ses traits se durcir. Comme il tardait à répondre, elle poursuivit :

— Vous m'avez dit que vous n'aviez pas besoin d'argent et que vous ne vouliez pas d'une rançon. Dans ce cas, qu'est-ce qui vous pousse à agir comme vous le faites ?

— Ça n'a jamais été une question d'argent, c'est vrai.

— Alors, de quoi s'agit-il ?

— Je pourrais vous le dire. Mais vous êtes trop hostile, trop soupçonneuse en ce moment, Maddalena, pour croire ce que je vous raconterais. L'explication attendra. Tout comme la réponse des Sylvester. Je me demande ce qui viendra en premier. Et aucune proposition de votre part, aussi tentante soit-elle, ne me fera changer d'avis. Donc, inutile d'essayer. A moins bien sûr que vous ne cherchiez une excuse pour arriver dans mon lit. Auquel cas, il vous suffit de dire : « Andrea, j'ai envie de vous », acheva-t-il en souriant.

Brusquement, l'atmosphère se chargea de tension. Maddie sentit son souffle s'accélérer.

— Comment osez-vous m'insulter ? Vous me dégoûtez !

Il ébaucha un sourire cynique.

— Et comment osez-vous jouer les hypocrites, *mia bella* ? Je dis juste qu'il y a entre nous un désir réciproque. Et vous le savez aussi bien que moi.

— Laissez-moi tranquille !

— N'ayez crainte. Votre vœu sera exaucé. Pour les prochains jours du moins. J'ai une affaire à régler ailleurs.

— D'autres gens sans défense à kidnapper, sans doute ?

Il la regarda intensément sans répondre. Troublée par l'éclat de ses yeux ambrés, Maddie insista :

— Et s'il y a un message de Jeremy et son père pendant votre absence ?

— S'il y a du nouveau — mais j'en doute — j'en serai informé.

— Mais pas moi ! Alors, je vais rester enfermée ici, coupée du monde ?

— Parce que vous espérez encore que votre futur beau-père fera jouer ses relations au gouvernement et qu'il montera une opération commando pour vous sortir de là ?

— Il y a une chose que vous avez sous-estimée. La société pour laquelle je travaille. Ils attendent des rapports réguliers sur mon enquête. S'ils ne reçoivent rien, ils vont s'inquiéter et donner l'alerte.

— Ils ont reçu plusieurs textos envoyés à partir de votre téléphone, leur assurant que tout allait bien, répondit Andrea.

— Quoi ? Vous avez… ?

— Maintenant que je vous ai rassurée à ce sujet, passons à table.

— Non, merci ! lança Maddie en reposant son verre avec fracas. Je mangerai dans ma chambre. Vous n'aurez qu'à demander qu'on m'apporte un plateau.

Andrea secoua la tête.

— Une réaction puérile qui n'est pas digne de vous, *carissima*. Mais si c'est ce que vous voulez, je vais donner les instructions nécessaires.

Il s'approcha de la cheminée et tira le cordon de la sonnette.

— J'espère que vous continuerez à dîner ici pendant mon absence.

Maddie se dirigeait déjà vers l'escalier. Elle se détourna et lui jeta un regard dur.

— Tiens, vous me faites confiance, maintenant ?

— Non, mais Eustacio sera là pour veiller sur vous. Ça me fera plaisir de penser que votre beauté honore ma table. Et je me prendrai à imaginer qu'un soir nous ne nous quitterons pas sitôt le dîner terminé.

Une vague de chaleur envahit Maddie. Un émoi brûlant montait lentement du fond d'elle-même, lui faisant clairement comprendre que toutes ses protestations n'étaient que des mensonges et qu'il lui serait facile de dire : « Andrea, j'ai envie de vous… »

Elle serra les poings. A sa grande honte, elle fut incapable d'articuler la réponse mordante qu'elle lui destinait.

Comme elle montait à la hâte les marches vers Domenica dont elle devinait la silhouette massive dans l'ombre du palier, elle sentit le regard du comte dans son dos. Comme s'il marchait juste derrière elle, une main posée sur sa taille et ses lèvres frôlant ses cheveux…

En revanche, elle entendit très bien sa voix moqueuse.

— A bientôt, Maddalena. Croyez-moi, *carissima*, je compterai les heures.

« Pourvu que je n'en fasse pas autant ! » pria-t-elle intérieurement.

7.

Maddie lut son livre jusqu'à la dernière ligne et le jeta en soupirant. Puis elle se mit à arpenter la chambre inondée par le soleil de l'après-midi.

Andrea Valieri était parti depuis deux jours. Lorsqu'elle avait demandé à Domenica quand il serait de retour, celle-ci avait haussé les épaules avec mépris avant de l'informer que l'affaire qui le retenait à Viareggio était une femme.

— Son *amante*. Très belle. Personne ne sait quand Son Excellence rentrera.

Maddie avait dû faire tout son possible pour dissimuler son trouble au regard averti de la gardienne. Cette nouvelle la touchait plus qu'elle n'aurait voulu.

« Une autre bonne raison de s'échapper d'ici ! » se dit-elle. Cependant, au fil des heures, ses chances de s'évader s'amenuisaient. Elle avait espéré qu'en l'absence d'Andrea, le régime de sa détention serait quelque peu assoupli, mais il n'en était rien. D'où qu'il fût, on aurait dit qu'il la surveillait, et faisait planer sur la *Casa Lupo* une ambiance de suspicion.

Le seul point positif de la journée était que Domenica n'était pas encore passée. Pourquoi cette femme se montrait-elle si hostile envers elle ? Le reste du personnel n'adoptait pas la même attitude, heureusement. Luisa et l'autre jeune fille qui travaillait dans la cuisine, Jolanda, étaient toujours souriantes et sympathiques malgré la barrière de la langue. Quant à Eustacio, il était extrêmement courtois.

Il devait s'agir d'une incompatibilité de caractère. Même si rien ne pouvait rendre son séjour forcé agréable, elle aurait aimé avoir une conversation normale avec la personne qu'elle voyait le plus souvent.

Elle n'avait pas sitôt formulé cette pensée qu'elle entendit la clé tourner dans la serrure. Mais ce fut Luisa qui entra, une pile de serviettes sur le bras, suivie de Jolanda qui venait chercher le plateau du déjeuner. Maddie les regarda avec surprise.

— Domenica?

Les deux jeunes filles échangèrent un regard, puis Luisa se lança dans une imitation très réaliste d'une personne en train de vomir.

— Oh! je suis désolée.

Les jeunes employées acquiescèrent, puis Luisa se dirigea vers la salle de bains, tandis que Jolanda prenait le plateau et quittait la chambre, laissant la porte ouverte.

Maddie fixa l'ouverture et déglutit avec peine. C'était peut-être la meilleure occasion qu'elle aurait jamais et elle devait la saisir.

Elle fit un pas hésitant en direction de la sortie, puis stoppa net en entendant un fracas et un cri venant du couloir. Sans réfléchir davantage, elle se précipita et trouva Jolanda à genoux au milieu des bris de verre et de vaisselle. Elle se relevait avec peine, soutenant sa main droite dont la paume présentait une vilaine coupure qui saignait abondamment.

Maddie l'aida à se mettre debout et examina la plaie. Celle-ci était profonde. Derrière elle, elle entendit le cri horrifié de Luisa.

— Allez chercher une serviette, commanda Maddie.

Et comme la jeune fille la fixait, perplexe, elle fit le geste de se sécher.

Luisa revint avec le linge et Maddie en enveloppa la main blessée de Jolanda.

— Amenez-la dans la cuisine. *La cucina*, ajouta-t-elle.

Elle doit aller à l'hôpital. *Ospedale. Presto.* Sa main a peut-être besoin de points de suture.

Maddie fit la démonstration par gestes, ce qui souleva des cris aigus et des « *Santa Madonna!* » terrifiés de la part des deux jeunes filles.

— Je m'occupe de ça, poursuivit Maddie en voyant Luisa regarder les dégâts sur le sol avec consternation. Prenez soin d'elle. *Attenzione*, Jolanda.

La jeune domestique acquiesça distraitement et entraîna sa collègue, un bras passé autour de ses épaules.

Le souffle court, Maddie les regarda disparaître au bout du couloir. Luisa finirait tôt ou tard par se rappeler que la porte de la chambre était restée ouverte.

Les clés se trouvaient encore dans la serrure. Pour gagner quelques précieuses minutes, Maddie la verrouilla de l'extérieur et retira le trousseau. Puis, relevant son peignoir, elle courut jusqu'à la lingerie. Là, elle s'empara d'une blouse blanche, d'un calot et d'une paire de chaussures, s'habilla en un tournemain et fourra peignoir et chemise de nuit dans un panier à linge avec les clés.

La blouse en coton amidonné était rêche et inconfortable. Andrea Valieri lui paierait ça aussi ! pesta-t-elle intérieurement en s'acharnant sur les boutons. Mais au moins, elle était couverte. Elle remonta ses cheveux et se coiffa du calot en veillant à ce qu'aucune mèche ne dépasse, car sa blondeur ne passerait pas inaperçue.

Enfin, elle se risqua dans le couloir. Sur la pointe des pieds, elle gagna la galerie, passa sous l'arche et se dirigea vers le mur en trompe-l'œil, où elle tâtonna pour trouver la poignée. Quand elle atteignit le bas des marches, elle prit la direction des cuisines, en rasant le mur, comme une employée accomplissant son travail, anonyme dans son uniforme.

Elle entendit un brouhaha de voix excitées et, s'élevant au-dessus d'elles, les lamentations aiguës de Jolanda. Une porte s'ouvrit soudain et un homme parut, chargé d'un casier de bouteilles. Il lui adressa un signe de tête indifférent et passa son chemin.

« Ouf ! Il doit sûrement sortir de la villa. Tout ce que j'ai à faire, c'est de le suivre », pensa Maddie, le cœur battant.

Elle s'efforça de garder une certaine distance, surtout quand elle le vit tourner au coin du mur. Ses efforts furent récompensés car bientôt, elle entendit un grincement de gonds et la lueur du jour envahit le passage.

La chance était décidément de son côté, car lorsqu'elle atteignit l'issue, l'homme avait disparu. Maddie déboucha dans une grande cour pavée entourée de dépendances et fermée par un portail. Où était-ce encore un trompe-l'œil qui l'entraînerait dans une autre aile de la villa ?

Elle traversa la cour en courant. Dieu merci, le portail de bois était vrai ! Elle actionna le lourd loquet bien huilé, se glissa dans l'entrebâillement et referma le battant avec soin.

Une fois de l'autre côté, elle tâcha de se repérer tout en contrôlant sa respiration saccadée. La montagne qu'elle voyait de sa fenêtre était là-bas, sur sa gauche, grise, imposante, et dominant la vallée. Plissant les yeux, Maddie aperçut tout en bas le scintillement d'une petite rivière et la ligne pâle d'une route. Où menait-elle ?

Vers la civilisation, et c'était sûrement le chemin le plus direct. Mais beaucoup trop évident aussi. On la repérerait à des kilomètres sur cette longue descente en lacet. L'autre solution consistait à emprunter le sentier qui démarrait juste devant elle. Très raide, il montait à travers une forêt dense. Au moins, elle serait à couvert sous le feuillage.

En route !

Une fois dans l'ombre des arbres, Maddie se retourna pour observer ce qui avait été sa prison. La villa était encore plus grande qu'elle ne l'avait imaginé. Dominée en son centre par une imposante tour carrée, elle ressemblait davantage à un *palazzo*. En tout cas, ce n'était pas l'idée qu'elle se faisait d'une *casa d'estate*. Le nom de Villa du Loup lui convenait beaucoup mieux et correspondait tout à fait à la personnalité de son propriétaire ! pensa-t-elle avec une bouillante amertume.

Sur ce, elle s'enfonça dans la forêt en suivant le chemin envahi de broussailles. Il avait dû être utilisé autrefois, ce qui lui laissait espérer qu'il menait à un hameau ou au moins à une maison d'où elle pourrait téléphoner.

Elle essayait de maintenir un rythme régulier, mais ce n'était pas chose facile et ses chaussures lui blessaient les pieds, au point qu'elle pouvait presque sentir les ampoules se former.

Malgré l'ombre, il faisait chaud et elle commençait à avoir très soif. Dommage qu'il n'y ait pas eu de bouteilles d'eau dans la lingerie, regretta-t-elle. Courage ! Elle trouverait de l'eau bientôt. Des ruisseaux alimentaient forcément la rivière qu'elle avait vue dans la vallée.

Quand allait-elle trouver enfin un signe de présence humaine ? Elle pensait avoir marché pendant une heure ou plus, mais sans montre, impossible de le savoir. Le soleil semblait beaucoup moins haut que lorsqu'elle s'était mise en route, non ?

La forêt semblait s'étendre sur des centaines d'hectares. Les troncs des châtaigniers larges et tordus lui faisaient penser à des bras noueux cherchant à la capturer, comme dans les contes de fées de son enfance.

« Arrête de divaguer et fais appel à ton esprit pratique, s'adjura-t-elle. Le vrai cauchemar est derrière toi. »

Des bruissements furtifs indiquaient la présence dans les buissons de ce qu'elle espérait être de petits animaux sympathiques ; il y avait aussi des cris d'oiseaux qui cessaient à son approche. Puis elle entendit un autre bruit, plus fort et plus inquiétant. Celui d'un hélicoptère !

Haletante, Maddie regarda en l'air à travers l'enchevêtrement des branches et aperçut la carlingue brillante qui passait presque au-dessus d'elle. Le vacarme s'intensifia, signe que l'appareil s'apprêtait à atterrir. Alors, la rage au cœur, elle comprit soudain qui se trouvait à bord.

Oh ! on pouvait faire confiance à Andrea Valieri pour voyager de façon peu conventionnelle ! Elle aurait dû deviner aussi que la *Casa Lupo* possédait un héliport.

Dieu merci, il ne pouvait l'apercevoir. Il la croyait toujours prisonnière dans sa chambre. Mais pour combien de temps ? Bientôt, il découvrirait la vérité. Et alors, comme un loup, il se lancerait à sa poursuite…

La gorge nouée, elle essaya de calculer ses chances de trouver un abri avant qu'il la rattrape. Mais la tête lui tournait et elle n'arrivait plus à réfléchir.

Maddalena…

Elle frissonna. Mon Dieu ! Son imagination lui jouait des tours. Elle avait l'impression que la brise murmurait son nom.

— Tu ne dois pas te laisser prendre. Il ne te trouvera pas…

Résolument, elle oublia la douleur de ses muscles et ses pieds blessés et accéléra le pas. La pente du sentier devenait plus abrupte et des pierres jonchaient maintenant le sol. Maddie essuya la sueur qui couvrait son visage. Bientôt, elle serait déshydratée et commencerait à avoir des hallucinations.

Si ça n'était pas déjà le cas, se dit-elle soudain. Car la branche basse qui lui barrait le chemin semblait s'agiter d'une drôle de façon.

Brusquement, elle se raidit et retint un cri de terreur. Un énorme serpent ondulait en remontant vers le tronc de l'arbre !

Envahie d'effroi, Maddie se jeta de côté dans un buisson. Un bref moment, les branchages hérissés d'épines la retinrent. Puis, dans un craquement sinistre, le buisson céda et elle roula sur la pente, dans un déferlement de cailloux et de terre. Alors qu'elle pensait sa dernière heure arrivée, sa chute fut stoppée net par un arbre mort couché là. Le choc fut violent. Suffoquée, Maddie se demanda combien d'os elle s'était brisé.

Elle réussit à s'asseoir et bougea ses membres avec précaution. Rien de cassé, apparemment. Elle se releva et grimaça. Elle était couverte d'égratignures et s'était certainement foulé la cheville. Deux boutons manquaient à sa blouse, sale et déchirée d'un côté jusqu'à mi-cuisse.

Retenant ses larmes, elle attendit que le choc s'atténuât et qu'elle cessât de trembler pour se remettre en route. La température avait fraîchi. Bientôt, le soleil se coucherait, et à aucun prix elle ne voulait se trouver dans cette forêt au crépuscule.

Elle ramassa un bâton qui l'aiderait à remonter la longue pente jusqu'au sentier. Ce serait aussi utile comme arme, pour se protéger des serpents. Jamais elle n'aurait cru qu'il existait de tels spécimens en Italie !

En revanche, elle fut incapable de marcher au même rythme. Sa cheville l'élançait et elle fut contrainte d'avancer en boitant.

Enfin, après de pénibles efforts sur le sol rocailleux, elle parvint à se hisser sur le chemin. Celui-ci se divisait en deux. Le sentier de droite était mieux entretenu, tandis que l'autre donnait l'impression d'être abandonné depuis longtemps, constata-t-elle en s'appuyant sur sa canne improvisée.

Elle choisit de suivre ce dernier. Elle marchait depuis une demi-heure environ quand la végétation dense s'éclaircit soudain, et elle aperçut en contrebas, éclairé par les derniers rayons du soleil, un groupe de bâtisses aux toits d'ardoise.

Des maisons ! Des gens !

Maddie se retint de hurler de joie. Avec précaution, elle descendit le versant et déboucha dans une rue du hameau.

Il y régnait un calme presque inquiétant. Aucune fumée sortant des cheminées, personne sur le pas des portes. En s'avançant, elle se rendit compte que la plupart des maisons n'avaient plus ni porte ni fenêtres, et que les toits d'ardoise étaient défoncés. De toute évidence, les habitants étaient partis depuis longtemps.

Sauf l'un d'eux. Un chien sortit d'une ruelle et s'arrêta au milieu de la rue pour la regarder.

— D'où viens-tu ? Tu ne crèves pas de faim. Conduis-moi jusqu'à ton maître.

Comme elle observait plus attentivement l'animal, son sourire s'effaça. Parce qu'elle reconnaissait la couleur du pelage et, plus significatif encore, la forme de la tête. Le tableau placé au-dessus de la cheminée à la villa lui revint à la mémoire.

« Oh ! mon Dieu… Aidez-moi ! »

Tremblante, elle fit un pas en arrière, puis un autre. En face d'elle, le loup restait immobile, la fixant de ses yeux jaunes.

Une voix dans sa tête lui répétait de rester calme. Elle avait un bâton pour se défendre, et la dernière chose à faire était de s'enfuir en courant.

Mais ses mains tremblaient si fort que le bâton lui échappa. Aveuglée par la panique, Maddie se détourna pour fuir… et heurta violemment quelqu'un qui se tenait derrière elle.

Des bras musclés la saisirent.

— Tiens, tiens, Maddalena… Nous nous retrouvons enfin. Quel plaisir !

8.

Maddie ne fut pas même surprise. Elle n'éprouva que le sentiment d'une absolue fatalité.

Comme Andrea Valieri la retenait contre lui, elle respira l'odeur de sa peau tiède, à laquelle se mêlait le parfum musqué de son eau de Cologne. Troublée jusqu'au fond d'elle-même, elle se débattit, frappant son torse ferme de ses poings.

— Lâchez-moi ! Bon sang ! Vous êtes inconscient ou quoi ? Il y a un loup…

— Il y *avait*. Il est parti. Regardez vous-même, dit-il en la faisant pivoter.

La rue était vide en effet et Maddie comprit qu'elle venait d'échapper à un prédateur pour en affronter un autre.

Le comte l'examina, sourcils foncés.

— *Santa Madonna*, dans quel état vous êtes !

Maddie releva la tête d'un air de défi, notant au passage qu'il portait un pantalon de velours côtelé, de grandes bottes et une saharienne.

— J'ai eu un accident, répondit-elle. Il y avait un serpent qui pendait d'un arbre, juste devant moi. En m'écartant, je suis tombée dans un ravin.

— Vous êtes blessée ?

— Juste à la cheville, dit-elle en sentant son articulation l'élancer douloureusement.

Il laissa échapper un juron, puis, se baissant, il la souleva dans ses bras et l'emporta vers l'une des maisons à demi effondrées.

— Posez-moi à terre ! vitupéra Maddie.

— *Basta !* Restez tranquille.

Le ton était impérieux et elle préféra obtempérer.

Andrea entra dans une maison sommairement meublée d'une table, de deux chaises, d'un évier, d'une cheminée et d'une cuisinière. Une ouverture à demi fermée par un rideau en lambeaux menait dans une autre pièce où se trouvait un matelas posé à même le sol. Un grand sac à dos était adossé contre un mur et, à côté, un étui contenant un fusil.

Andrea la déposa sur une chaise et s'agenouilla devant elle.

— Laissez-moi voir votre cheville.

Maddie ramena son pied sous elle en étouffant un cri de douleur.

Il lui jeta un regard glacial.

— Vous évader était un acte stupide. Pourquoi aggraver votre cas en refusant de l'aide, alors que vous en avez besoin ?

« Oh ! ne lui laisse pas deviner la raison. Surtout, ne te trahis pas… », pria-t-elle silencieusement.

A contrecœur, elle étendit sa jambe, en maintenant les pans de sa blouse déchirée pour dissimuler sa cuisse nue.

Andrea lui ôta ses chaussures et examina les ampoules qui couvraient ses pieds. Puis il palpa sa cheville avec des doigts fermes mais doux.

— Il n'y a pas de fracture, diagnostiqua-t-il enfin.

— Ça, j'aurais pu vous le dire, marmonna-t-elle en sentant des frissons courir sur sa peau à son contact.

— Une simple foulure, poursuivit Andrea. Il faudrait de la glace, mais Giacomo n'a pas de réfrigérateur. Nous utiliserons donc les moyens du bord.

— Je ne savais pas que vous aviez des compétences en médecine.

— Je n'en ai pas, répliqua-t-il. Mais j'ai du bon sens et je ne peux que vous en recommander.

Se rendant compte qu'elle tremblait, il s'approcha de

la cheminée, alluma le tas de petit bois qui s'y trouvait et ajouta les quelques bûches entassées à proximité. Puis il alla remplir une sorte de chaudron au robinet de l'évier et le suspendit à la crémaillère au-dessus des flammes. Il passa ensuite dans la pièce adjacente et revint, portant un grand baquet qu'il déposa devant le feu.

Maddie ravala son souffle.

— Vous plaisantez ?

— Non. Certaines de vos égratignures doivent être soigneusement lavées. Ne vous en faites pas, je n'ai pas l'intention d'assister à l'opération, dit-il avec un sourire en coin.

Il ouvrit le placard sous l'évier et en sortit des chandelles dans leurs bougeoirs en terre cuite. Maddie se rendit compte alors que le jour baissait vite.

— Est-ce que ce Giacomo vit vraiment ici ? demanda-t-elle comme il allumait ces chandeliers de fortune. Il doit se sentir terriblement isolé.

Andrea haussa les épaules.

— Il est berger. Cette masure est pratique quand il doit déplacer des troupeaux.

— Ça ne le dérange pas d'avoir des visiteurs ?

— Dans cette région, nous nous entraidons. C'est Giacomo qui m'a prévenu qu'il vous avait vue. Il m'a dit dans quelle direction vous alliez. Plus tard, Aldo, un chasseur, m'a confirmé votre itinéraire. Et je suis venu vous attendre.

— Vous voulez dire qu'on m'observait ?

— Vous pensez qu'une blonde aux cheveux aussi brillants qu'un rayon de soleil n'attirerait pas l'attention ? Je précise que cette description est la leur. De plus, ils étaient inquiets à votre sujet. Cette campagne est trop risquée pour quelqu'un qui n'a pas le matériel adéquat.

— Et qui n'a rien à boire, ajouta Maddie en se mordant la lèvre. Je meurs de soif.

— *Dio mio !*

Andrea alla fouiller dans son sac à dos, en sortit une bouteille d'eau et une timbale qu'il se hâta de remplir.

— Buvez ça lentement, ordonna-t-il.

Maddie avala quelques gorgées.

— Comment vous ont-ils alerté ? demanda-t-elle, intriguée. Vous étiez absent.

« Vous étiez à Viareggio avec votre maîtresse », ajouta-t-elle en elle-même.

— Je suis rentré dès qu'on m'a signalé votre disparition, répondit Andrea. Giacomo et Aldo m'ont contacté par radio.

— La radio ? Ici ?

— *Sì*. Les chasseurs l'utilisent pour communiquer entre eux. Nous avons une portée de plus de dix kilomètres.

— Le moins qu'on puisse dire, c'est que c'est efficace, commenta-t-elle avec amertume.

— C'était pour le mieux. Vous n'auriez pas apprécié de passer la nuit seule ici. Qu'auriez-vous fait, par exemple, si vous aviez croisé un scorpion ?

— Vous en avez vu un ? demanda Maddie, alarmée.

— Non, mais ils s'invitent souvent dans les maisons la nuit.

— Des scorpions, des loups, des serpents… C'est une vraie jungle, par ici !

— Votre serpent était sans doute une couleuvre, l'informa Andrea. Elles ne sont pas particulièrement venimeuses. Elles préfèrent étouffer leurs proies.

— Oh ! c'est fascinant, dit-elle avec ironie. Au fait, comment êtes-vous arrivé ici avant moi ?

— Il existe une route. Camillo, le chauffeur, m'a laissé un peu plus loin et j'ai marché pour vous attendre ici.

— Alors, la voiture n'est pas loin ? Oh ! Dieu merci, s'exclama-t-elle en fermant les yeux.

— Vous êtes si pressée de retourner dans votre prison ? dit Andrea en remplissant le baquet à l'aide d'une cruche.

— Non ! Mais au moins, c'est mieux que cette masure délabrée.

Il ajouta le contenu du chaudron à l'eau froide.

— Heureusement que Giacomo n'est pas là pour vous entendre critiquer son hospitalité. Votre bain vous attend, *signorina*. Je regrette qu'il n'y ait ni savon ni serviette. Vous devrez vous sécher avec ce que vous portez.

Maddie s'empourpra.

— Impossible. C'est… C'est tout ce que j'ai sur moi.

« Comme s'il ne le savait pas ! » pesta-t-elle intérieurement.

Andrea ôta sa veste, puis commença à déboutonner sa chemise.

— Qu'est-ce que vous faites ? demanda-t-elle d'une voix rauque.

— Du calme… Je ne vais pas partager votre bain. Enfilez-la quand vous aurez terminé, dit-il en lui lançant la chemise.

Son torse avait l'apparence du bronze et sa musculature était impressionnante. Une toison sombre s'amenuisait vers son ventre plat et jusqu'à la ceinture de son pantalon. Contrairement à Jeremy, qui avait la peau lisse et pâle et les épaules moins développées…

Maddie détourna les yeux.

— Elle vous couvrira mieux que cette blouse déchirée, poursuivit Andrea en laissant errer son regard sur sa silhouette.

Puis il sortit un pull de son sac à dos, le passa et posa un tube sur la table.

— Crème antiseptique, dit-il avant de sortir de la maison.

Maddie se débarrassa de sa blouse et s'accroupit en hâte dans le baquet. C'était certainement le bain le plus étrange qu'elle eût pris de toute sa vie, mais l'eau était chaude et apaisante. Les genoux sous le menton, elle lava avec soin les traces de boue qui maculaient son corps, puis se leva et s'arrosa en prenant un peu d'eau dans ses paumes.

Elle gardait un œil vigilant vers la porte, mais rien ni personne ne vint troubler sa toilette. Quand elle eut terminé, elle s'essuya avec l'envers de la blouse, puis appliqua la crème sur ses égratignures. Enfin, à contrecœur, elle enfila la chemise d'Andrea. Elle était encore imprégnée de son parfum, ce qui lui donna l'impression d'être de nouveau dans ses bras. Ses gestes étaient gauches ; néanmoins, elle réussit à la boutonner et replia les manches trop longues.

— J'ai fini, lança-t-elle.

Pas de réponse. Se postant sur le seuil, Maddie scruta l'ombre qui s'épaississait.

— Andrea ? appela-t-elle d'une voix chargée d'anxiété.

Enfin, la haute silhouette apparut, solide et rassurante.

— Quelque chose ne va pas ? demanda-t-il. Un serpent ?

— Non. Je… Je ne savais pas où vous étiez. Je pensais au loup. Vous n'aviez pas pris votre fusil.

Maddie se sentait sotte, à présent, et terriblement vulnérable.

— J'ai fait un tour, déclara Andrea. Comme je ne suis pas un saint, j'ai préféré me soustraire à la tentation. Je n'avais pas besoin du fusil. Vous n'avez rien à craindre.

Doucement, il posa une main sur son épaule et l'invita à rentrer. La chaleur de ce contact l'envahit tout entière.

— Asseyez-vous. Je vais regarder vos ampoules.

Maddie obéit. Andrea alla vider le baquet dehors, puis il prit dans son sac un rouleau de pansements et un tube.

— J'espère que vous cicatrisez vite, *mia bella*. Quand j'ai promis que vous rentreriez chez vous saine et sauve, je n'avais pas prévu que vous feriez de telles imprudences.

— Il y a des nouvelles de Londres ? Je rentre chez moi ? demanda-t-elle d'un ton plein d'espoir.

— Ils n'ont pas donné de réponse.

Il appliqua le gel avec habileté. Cela piquait et Maddie eut une excuse toute trouvée pour expliquer les larmes qui lui montaient aux yeux.

— Et s'ils ne répondent jamais ? demanda-t-elle d'une voix rauque. Qu'allez-vous faire de moi ?

— Ne vous tracassez pas. Ils finiront par se manifester, je vous le promets. Soyez patiente, Maddalena, et ne prenez plus de risques inutiles, dit-il en lui bandant le pied.

— Oh! c'est facile pour vous, maugréa-t-elle en essuyant une larme d'un geste rageur.

— Vous vous sentirez mieux, *mia cara*, quand vous aurez mangé.

— Alors, ramenez-moi à la villa! dit-elle en se levant. Je préfère manger dans ma cellule. Seule.

— Vous serez affamée d'ici à demain. Nous allons manger tout de suite.

— D'ici à demain? répéta-t-elle d'une voix aiguë. C'est une blague? Vous n'imaginez pas que je vais passer la nuit ici?

Elle n'eut guère besoin d'ajouter « avec vous ».

Le visage d'Andrea s'assombrit.

— Malheureusement, nous n'avons pas le choix.

— Mais si Camillo vous a conduit en voiture…

— Je l'ai renvoyé à la villa.

Maddie se sentit nauséeuse.

— Oh! non! Ce n'est pas vrai? Mais pourquoi?

— La route n'est plus entretenue depuis longtemps et c'est trop dangereux de l'emprunter à la nuit tombée. J'ai demandé à Camillo de ne pas courir un tel risque. Il viendra nous chercher demain avec la Jeep. Il vous reste à assumer les conséquences de votre conduite stupide.

Maddie se rassit, découragée.

— Qu'y a-t-il de stupide dans le fait de vouloir être libre? De retourner auprès de l'homme que j'aime?

— Rien, répliqua-t-il. Pour le dîner, il y a de la soupe, du pain et de la saucisse. Mangez ou pas, à vous de choisir.

Elle le regarda allumer l'antique cuisinière, puis verser un bocal de soupe dans une casserole. Pendant que le potage réchauffait, il prit le sac de couchage attaché à son bagage et le porta dans l'autre pièce. Maddie constata avec nervosité qu'il l'ouvrait et l'étalait sur le matelas de manière à former un lit à deux places.

Oh! mon Dieu! Pas ça…

L'odeur appétissante qui montait du fourneau lui fit oublier momentanément ses inquiétudes. Andrea servit la soupe au poulet et aux légumes dans deux gamelles en fer-blanc qu'il posa sur la table, en même temps que des cuillères de bois et un plateau avec le pain et les saucisses qu'il avait coupés en morceaux à l'aide de son canif.

En dépit de son appréhension, Maddie avala ce repas frugal jusqu'à la dernière miette.

— *Grazie, signore*, dit-elle d'une voix contrite.

— *Prego*. Un peu plus tôt, vous m'avez appelé par mon prénom.

— J'étais… tendue, se justifia-t-elle.

— *Che peccato !* Quel dommage ! Mes espoirs sont encore une fois anéantis, dit-il d'un ton léger.

— Etant donné la situation, vous ne pouvez pas espérer grand-chose, répondit-elle d'un ton aigre.

— Mais tout homme a le droit de rêver, non ?

— Oui, s'il a du temps à perdre.

— Vous ne rêvez pas du jour, de l'heure où vous deviendrez une jeune mariée, *mia bella* ? Ou trouvez-vous que c'est du temps perdu ?

Rêvait-elle encore ? se demanda Maddie avec étonnement. Ou ses rêves s'étaient-ils perdus dans cette bataille sur les préparatifs de la cérémonie qu'Esme s'acharnait à lui livrer ? Ce dont elle était sûre, en revanche, c'était de vouloir en finir avec cette conversation. A la Villa du Loup, elle se serait excusée et aurait regagné sa chambre. La seule chose qui l'attendait ici, c'était ce lit de fortune… à partager avec Andrea Valieri !

Se ressaisissant, elle demanda :

— Comment va Jolanda ? A-t-elle eu besoin de points de suture ?

— Comme c'est gentil de prendre de ses nouvelles ! répondit-il d'un air moqueur. Oui, elle a été soignée à la clinique la plus proche. Un petit drame dont vous avez pleinement profité, *mia cara*.

— Peut-être, mais j'ai quand même le droit de m'inquiéter.

Et j'espère que Luisa n'aura pas d'ennuis pour avoir oublié de m'enfermer.

— Elle a été réprimandée. Et Domenica aura aussi un mot à lui dire quand elle reviendra.

— Tiens, pourquoi n'en suis-je pas surprise ? dit-elle, les lèvres pincées. Est-elle vraiment obligée de se montrer si détestable ?

— Elle a aussi de bons côtés. Par exemple, elle est très dévouée à ma mère.

Cette information laissa Maddie stupéfaite.

— Votre mère vit toujours ?

Un sourire tendre et affectueux éclaira le visage d'Andrea qui, tout à coup, était devenu quelqu'un de complètement différent. Quelqu'un qu'elle avait très envie de connaître, se dit-elle, troublée.

— Oui, et elle va très bien, je vous assure, dit-il.

— Oh… Je pensais… En fait…

— Je n'en doute pas. M'interroger sur ma famille et m'appeler par mon prénom revient à me traiter en être humain. Or, c'est plus facile de me considérer comme un monstre, n'est-ce pas ?

Maddie baissa les yeux.

— Pas tout à fait. Vous vous êtes montré… gentil, ce soir.

— Vous jouez un rôle important dans ma stratégie, *mia cara*. C'est pourquoi je ne peux pas vous laisser partir. Les choses sont allées trop loin.

Trop loin ? Que voulait-il dire par là ?

La flamme de la bougie dansait devant ses yeux. Maddie se sentit soudain accablée de fatigue et incapable de réfléchir. Discrètement, elle étouffa un bâillement.

Son geste n'échappa pas à Andrea.

— Vous avez eu une journée éprouvante, Maddalena. Il est temps d'aller vous coucher. Il n'y a qu'une cabane à l'arrière de la maison en guise de toilettes, mais j'ai une lampe torche.

— Je dormirai sur une chaise, décida Maddie.

— *Mia bella*, vous êtes morte de fatigue, alors cessez de discuter. Le matelas est assez grand pour nous deux et je préfère vous garder auprès de moi. Je suis sûr que vous comprenez pourquoi.

— Et si je promets de ne pas m'enfuir ?

— Ça ne marche pas, dit-il en durcissant le ton. A cause de vous, j'ai eu moi aussi une dure journée. Alors, ne posez pas de conditions.

Maddie se leva.

— Espèce de mufle ! Vous m'aviez promis que…

— J'ai dit que je ne vous prendrais pas de force, corrigea-t-il. Ce soir, j'ai besoin de sommeil, pas de plaisir.

— Vous êtes… odieux ! s'écria-t-elle d'une voix tremblante.

— Et vous, *carissima*, une vraie casse-pieds ! J'ai hâte d'être débarrassé de vous.

— Que Dieu vous entende !

Ils se jaugèrent du regard, puis, contre toute attente, Andrea éclata de rire.

— Maintenant que nous avons récité nos prières, nous pouvons aller dormir. Vous pouvez marcher ou préférez-vous que je vous porte ?

Des souvenirs insidieux assaillirent l'esprit de Maddie. La force de ses bras autour d'elle, le parfum viril de sa peau, son sourire ravageur…

— Je… Je vais y arriver, répondit-elle.

— Je vais ranger ici et je vous rejoins.

Il alla chercher la lampe dans son sac à dos et la lui tendit.

Maddie passa dans l'autre pièce. Grâce au bandage, sa cheville était moins douloureuse. Elle traversa la chambre et ouvrit la porte du fond. Comme il l'avait dit, les toilettes étaient une cabane plus que rudimentaire. Elle dirigea le faisceau de la torche en tous sens dans l'espoir de faire cesser les bruits inquiétants autour d'elle, mais rien n'y fit et elle fut presque soulagée de rentrer dans la masure.

Posant la lampe auprès d'elle, elle s'allongea. Le matelas était défoncé et sentait la paille, mais c'était mieux que rien.

Elle regarda les étoiles, clairement visibles par les trous du toit, et essaya de maîtriser sa nervosité.

Dans la pièce principale, les bougies s'éteignirent. Vivement, elle roula jusqu'au bord de la paillasse qu'elle agrippa de toutes ses forces. Elle fermait si fort les paupières que des lumières colorées dansaient devant ses yeux. Ses sens lui soufflaient qu'Andrea se tenait au-dessus d'elle à présent et qu'il l'observait.

Oh ! mon Dieu, il se penchait…

— Je prends la torche, *mia bella*, murmura-t-il non sans ironie. Elle est lourde et je n'ai pas envie de me réveiller le crâne fracturé. Maintenant, vous pouvez arrêter de faire semblant de dormir. *E sogni d'oro.* Faites de beaux rêves…

Il contourna le lit de fortune et Maddie sentit le matelas se creuser sous son poids. En dépit des recommandations qu'il lui avait adressées, elle restait tendue, s'attendant à tout instant à sentir ses mains sur elle.

Mais il roula seulement sur le côté, et le plus loin possible. Un peu plus tard, sa respiration profonde et régulière lui apprit qu'il s'était endormi.

Lentement, elle desserra ses doigts qui cramponnaient la paillasse. La tête sur son bras replié, elle perçut de nouveau le parfum d'Andrea qui imprégnait la manche de sa chemise et le huma avec une ardeur brusque et passionnée.

Tout aussitôt, elle eut honte. Elle le connaissait depuis une dizaine de jours et il était son ennemi ! La colère et la peur auraient dû la protéger de ce tumulte d'émotions qui la torturaient, non ?

Jusque-là, elle s'était persuadée qu'elle voulait recouvrer à tout prix la liberté. Mais ce n'était pas aussi simple.

« Je ne fais que le fuir et me fuir moi-même. Et maintenant, je n'ai nulle part où aller… », analysa-t-elle, la gorge nouée.

9.

Pas facile de rester éveillée auprès d'un homme endormi que vous ne voulez surtout pas déranger… D'autant que c'était pour la nuit entière — la première fois que cela lui arrivait, se dit Maddie. Pourvu qu'elle n'attrape pas une crampe… Et si jamais elle s'endormait et se tournait vers lui ?

« N'y pense même pas », s'adjura-t-elle.

N'existait-il pas un syndrome qui poussait les victimes à être physiquement attirées par leurs ravisseurs ? Sinon, comment expliquer son désir fou de se rapprocher du corps tiède d'Andrea pour goûter de nouveau la fausse sécurité que ses bras lui avaient procurée ?

Bon sang ! Elle n'allait pas mettre en péril son prochain mariage et ses rêves de bonheur pour une aventure sordide avec un homme à femmes. Car il avait passé ces deux derniers jours — et les nuits ! — avec une autre femme, à Viareggio. Cet homme avait déjà fait suffisamment de mal aux Sylvester sans qu'en plus elle songe à tromper son fiancé.

« Pense à Jeremy, à vos prochaines retrouvailles quand tout ceci apparaîtra comme un mauvais rêve. Imagine-toi dans *ses* bras, imagine-toi que tu lui appartiens… »

Mais si elle voulait être tout à fait sincère… Elle soupira en évoquant la déception qu'elle ressentait chaque fois que Jeremy s'habillait et quittait son appartement juste après lui avoir fait l'amour. Leurs ébats étaient aussi brefs que peu satisfaisants, pour elle du moins.

— J'ai l'impression que tu me prends pour une catin, lui avait-elle dit une nuit en le voyant se rhabiller en vitesse.

Elle avait prononcé ces mots sur le ton de la taquinerie, mais il l'avait regardée d'un air irrité.

— Arrête, chérie. Tu connais la situation.

Oh oui, hélas… L'ombre de Nigel Sylvester semblait peser sur eux, même dans leurs moments les plus intimes.

— Mon père tient à ce que je sois le premier au bureau le matin. Donc, je dois rentrer chez lui pour être à l'heure.

Puis il s'était approché du lit pour l'embrasser.

— Nous serons bientôt mariés, Maddie. Nous devons seulement être patients.

« Et Dieu sait si je l'ai été ! » pensa-t-elle en revenant au présent.

Faute de mieux, elle essaya de compter les étoiles, sans jamais trouver le même compte. L'esprit encombré de nombres, elle finit par fermer les yeux et se laissa glisser vers le sommeil.

Quand elle rouvrit les paupières, elle vit au-dessus d'elle une tache d'un bleu lumineux qui annonçait l'aube. L'espace d'un instant, elle se demanda où elle était. Puis, tel un raz-de-marée, les souvenirs de la veille déferlèrent dans son esprit. Avec précaution, Maddie tourna la tête.

Andrea Valieri était étendu auprès d'elle et lui souriait. Le sac de couchage avait glissé et Maddie constata qu'il ne portait qu'un caleçon noir. Ses cheveux étaient ébouriffés et ses joues et son menton étaient couverts de barbe. Ce qui n'enlevait rien à son charme, bien au contraire.

— *Buongiorno. E como stai ?* dit-il doucement.

La bouche sèche, Maddie le fixa, essayant d'articuler un mot, en vain.

— Tss, tss…, reprit-il d'un ton de léger reproche. Vous ne savez pas ce qu'une femme répond quand l'homme qui partage son lit lui dit bonjour ? Alors, laissez-moi vous montrer.

Se soutenant sur un coude, Andrea l'attira vers lui et se pencha pour effleurer ses lèvres.

C'était la plus légère des caresses, pourtant Maddie sentit des fourmillements courir sur sa peau, en même temps qu'une exaltation de tout son être. Un tremblement incontrôlable l'agita. Du désir ?

« Arrête ça tout de suite ! »

Mais Andrea l'embrassa de nouveau et sa résolution s'envola.

Sa bouche butinait la sienne avec une insistance grandissante, à mesure que son baiser se prolongeait. Elle sentit qu'il sondait ses lèvres du bout de la langue, tandis que ses doigts écartaient les mèches qui lui barraient le front, sculptant les contours de son visage et la courbe de sa gorge.

En proie à un mélange de crainte et d'excitation, Maddie se mit à respirer par saccades. Les lèvres d'Andrea prirent le relais de ses doigts, embrassant doucement ses paupières, ses joues, les coins frémissants de sa bouche avant d'effleurer son cou, là où son pouls battait vite…

Puis il releva la tête.

C'était le moment ou jamais de le repousser ! pensa-t-elle, les joues en feu. De se raccrocher à son instinct de survie et de lui rappeler sa promesse.

Seigneur ! Son corps semblait ne plus lui appartenir, ses réponses aux troublants assauts d'Andrea lui étaient étrangères, et elle avait l'impression d'être au bord d'un gouffre aussi attirant que dangereux. Elle devait réagir. Tout de suite !

Mais quand elle plaqua ses mains sur le torse d'Andrea, au lieu de le rejeter, ses doigts s'ouvrirent sur sa belle musculature couverte d'une toison sombre, cherchant à capter les battements sourds de son cœur qui faisaient écho aux siens.

Comme pour répondre à cette invite, Andrea reprit sa bouche en un baiser profond, passionné, exigeant. Il la serra plus étroitement, et Maddie, vaincue, entrouvrit enfin les lèvres, lui offrant ce qu'il réclamait. Sa reddition…

Le bien, le mal avaient cessé d'exister. Seuls comptaient cet homme et les instants uniques qu'elle partageait avec lui. Inutile de le nier, elle laissait libre cours aux sensations troublantes qu'elle réprimait depuis le soir de leur rencontre…

Les pointes de ses seins se durcirent sous la chemise et le désir embrasa son ventre, tandis que leurs bouches s'exploraient avec un plaisir ardent et que leurs langues s'affrontaient dans un duel d'une intense sensualité.

Puis Andrea s'écarta, avant de défaire un à un les boutons de la chemise qu'elle portait. Sa main glissait sans hâte, repoussant à mesure les pans afin d'appliquer ses lèvres sur la peau tiède qu'il révélait jusqu'à la rondeur de ses seins nus.

Maddie agrippa ses cheveux noirs emmêlés en fermant les yeux pour mieux savourer le contact de son menton rude sur sa chair. Quand Andrea moula ses seins, le plaisir la traversa comme une flèche, la faisant presque suffoquer. Il captura tour à tour chaque pointe excitée qu'il suça délicatement avec un érotisme diabolique.

Folle de désir, Maddie perçut la puissance de son érection à travers son caleçon. Une seule chose comptait à présent : le sentir en elle et s'abandonner totalement à lui.

Mais comme elle cherchait à caresser sa virilité, Andrea l'arrêta.

— Pas maintenant, *mia bella*, dit-il d'une voix rauque. Je veux que tout le plaisir soit pour vous.

Il défit les derniers boutons et contempla longuement sa nudité, les yeux brillants d'excitation. Se glissant vers le bas du lit, il lui souleva les pieds et y posa ses lèvres, tout en caressant ses jambes fines. Il s'attarda sur la peau sensible, derrière les genoux, puis remonta lentement vers ses cuisses et le galbe de ses fesses qu'il cueillit à pleines mains.

D'un geste ferme et déterminé, il força Maddie à se redresser. En même temps, sa bouche irrésistible glissa sur l'intérieur de ses cuisses, jusqu'à l'ombre douce de sa féminité.

Maddie laissa échapper un gémissement voluptueux.

— *Sì, carissima*, murmura Andrea.

Il lui écarta les jambes et glissa un doigt dans sa chaude moiteur, cherchant la perle de son plaisir, qu'il taquina jusqu'à ce que Maddie se mît à trembler d'excitation. Alors, penchant la tête, Andrea la posséda avec sa langue, lui prodiguant les plus exquises caresses.

Maddie exulta, le corps cambré sous l'effet de cette délicieuse intrusion. Andrea accéléra le rythme de ses coups de langue qui la rendaient folle.

— Oh, mon Dieu, là… Oui… Maintenant !

Une seconde plus tard, elle atteignait les sommets du plaisir et basculait dans l'extase en criant le nom d'Andrea.

Andrea la garda tendrement contre lui, en lui murmurant en italien des mots entrecoupés de baisers.

Rien ne l'avait préparée à une telle expérience, se dit Maddie avec émerveillement. Andrea lui avait fait connaître un monde qu'elle n'avait jamais exploré. Et son instinct lui soufflait que ce n'était qu'un début, car elle était prête à lui donner à son tour du plaisir.

— Votre peau est marquée, *mia cara*. J'aurais dû me raser. Je le ferai la prochaine fois.

Maddie lui caressa le menton en souriant.

— Ça ne fait rien.

« Et la prochaine fois, c'est maintenant… », ajouta-t-elle en elle-même.

Se redressant, elle tendit la main et, par jeu, laissa ses doigts glisser le long de la ceinture de son caleçon, l'excitant délibérément avant d'abaisser son sous-vêtement sur ses hanches minces.

Andrea se mit à rire et passa ses bras sous sa nuque dans une attitude sensuelle qui était une invitation à prendre — ou à donner — ce qu'elle voulait.

Mais en l'espace d'une seconde, tout changea. Il se releva brusquement, la tête penchée, aux aguets.

— Qu'y a-t-il ? demanda Maddie.

D'un geste, il lui imposa le silence. Alors, elle l'entendit elle aussi. C'était un coup de Klaxon dans le lointain, suivi d'un bruit de moteur. Une voiture approchait.

— Camillo ! s'exclama Andrea. *Dio mio*, je ne l'attendais pas si tôt.

Il se leva et se passa une main dans les cheveux avec irritation.

— Restez ici. Je m'habille et je vais lui parler, déclarat-il en passant dans la pièce principale.

A travers le rideau, Maddie le vit enfiler son pantalon et son pull. Puis il écarta la barrière qui fermait l'entrée de la maison et sortit dans la rue ensoleillée.

Restée seule dans la chambre, elle essaya de reboutonner la chemise d'une main tremblante, en proie à un mélange d'émotions contradictoires où dominaient la déception, l'embarras et la frustration. Pourtant, elle aurait dû être soulagée que Camillo eût signalé son approche et qu'il ne les eût pas surpris en pleine action.

Brusquement, l'air se bloqua dans sa gorge. Mon Dieu ! A quoi pensait-elle ?

« J'ai commis la plus grosse erreur de ma vie. Seigneur ! Comment ai-je pu être aussi stupide ? »

Mais elle connaissait la réponse à cette question. Elle avait été l'objet des attentions d'un séducteur patenté et, en dépit de ses pieuses résolutions, elle n'avait même pas essayé de lui résister. Quelle honte !

Le comte Valieri, son ravisseur… Voilà comment elle devait le considérer désormais. Et pas comme l'amant époustouflant dont les caresses expertes avaient mis ses sens aux abois. Lorsqu'il lui avait juré qu'il n'avait jamais forcé une femme, elle aurait dû se douter qu'il n'avait jamais eu besoin d'en arriver là.

« J'ai dû être la plus facile de ses proies », se dit-elle amèrement.

Mais il s'était aussi montré très tendre. Comment pourrait-elle affronter Jeremy, après ça ? Elle l'avait trahi en se donnant à son ennemi ! Sans l'arrivée de Camillo, elle serait dans les bras du comte en cet instant, et répondrait à chacune de ses exigences audacieuses et passionnées !

La prochaine fois, avait-il dit. Eh bien, il n'y aurait pas de prochaine fois ! Parce qu'elle était de nouveau maîtresse d'elle-même et qu'elle n'avait pas l'intention de devenir son jouet.

Un bruit de voix lui parvint et Maddie se glissa vivement sous le sac de couchage.

Andrea souleva le rideau et entra dans la chambre, le visage hermétique.

— Camillo vous a apporté ceci, déclara-t-il en déposant son sac de voyage au pied de la paillasse.

Maddie fixa son bagage.

— Mes vêtements ? Vous me les rendez vraiment ?

Un faible sourire adoucit les traits durs d'Andrea.

— *Sì*. J'ai fait chauffer de l'eau pour votre toilette. Je vous demande de faire vite. Camillo m'a dit que le temps allait se gâter. Un orage se prépare.

— Je me dépêche…

— Je mets ça dans la voiture.

Il attrapa le sac de couchage. Maddie n'avait sur elle que la chemise à demi boutonnée. D'un geste vif, elle se protégea de ses bras et lut une expression de surprise sur les traits d'Andrea. Puis celle-ci se changea en froideur implacable.

Sans un mot, il tourna les talons et quitta la chambre.

Maddie se leva avec précaution. Son corps était endolori et des bleus commençaient à apparaître, conséquences de sa chute. Mais au moins elle pouvait marcher sans boitiller.

Dans son sac, elle trouva des vêtements de rechange, son nécessaire de toilette et même sa montre. Elle se lava, puis enfila un jean noir et un T-shirt à fleurs noir et blanc.

Elle avait pensé que le fait de porter ses propres vêtements la rendrait moins vulnérable. Mais ce n'était pas le cas et elle comprit qu'elle ne se sentirait mieux qu'une fois rentrée à Londres. Et encore…

Prenant une profonde inspiration, elle sortit de la maison

et s'avança vers la Jeep. Les deux hommes semblaient préoccupés par les nuages noirs qui s'amoncelaient au sommet des montagnes.

Camillo lui adressa un signe de tête et, lui prenant son sac de voyage, il ouvrit la portière arrière pour l'inviter à monter.

Andrea lui jeta un regard bref avant d'annoncer :

— *Andiamo.*

Maddie comprit très vite que le trajet n'avait rien d'une promenade d'agrément. Le comte n'avait pas exagéré quant à l'état de la route. Celle-ci était creusée de nids-de-poule, et par endroits, elle était tout juste assez large pour leur véhicule qui était obligé de raser le précipice. Les mains crispées sur ses cuisses, elle s'efforçait de ne pas fermer les yeux, même quand elle entendait des pierres se détacher et tomber dans le vide sur leur passage.

Elle gardait le regard fixé sur la nuque d'Andrea devant elle. Mais bientôt, son corps fut parcouru de frissons sensuels tandis qu'elle se remémorait les caresses qu'il lui avait prodiguées, le contact de ses cheveux noirs sur sa peau nue… Des pensées aussi dangereuses que cette maudite route.

Résolument, elle se renfonça contre la banquette. Au bout d'un moment, les chaos s'atténuèrent et elle découvrit qu'ils roulaient sur une route en meilleur état qui serpentait entre les collines. Maddie put se concentrer sur le paysage tout en essayant de reconstituer ses défenses et de retrouver un peu d'empire sur elle-même.

Du coin de l'œil, elle vit un éclair zébrer le ciel, aussitôt suivi d'un formidable roulement de tonnerre. Au même moment, les premières gouttes de pluie s'abattirent sur le pare-brise et l'orage se déchaîna avec une violence inouïe.

Maddie retint son souffle. On aurait dit que la montagne se fracassait. Elle n'aurait jamais pensé être heureuse de revoir la *Casa Lupo*. Pourtant, c'était la vérité. La masse solide de la villa lui apparut comme un refuge rassurant après ce trajet infernal.

Le haut portail de fer s'ouvrit sur une allée qui menait au perron principal. Eustacio attendait, anxieux, sous un grand parapluie noir.

Dès que la Jeep s'arrêta, il se précipita pour abriter Maddie, lui adressant un flot de paroles en italien qui la laissa étourdie.

— Il est content que vous soyez saine et sauve, traduisit le comte d'un ton ironique en les suivant dans le grand hall.

— Oh ! *grazie*, Eustacio, dit-elle avec un sourire poli.

— Il dit aussi qu'Alfredo vous embrasse les mains, reprit-il.

Et comme Maddie le regardait avec stupeur, il expliqua :

— C'est le père de Jolanda. Elle se repose chez elle en ce moment. Aux yeux de ses parents, vous êtes une héroïne, Maddalena.

— N'exagérons rien, répondit-elle en s'empourprant.

— D'accord, vous n'en êtes pas une. Mais laissez-leur leurs illusions, *mia cara*.

Il fit un signe et Luisa apparut, la tête basse, pour prendre le sac de Maddie.

— Elle va vous conduire à votre nouveau logement, dit Andrea.

Par défi, elle lui tendit ses poignets.

— Où ? Dans le donjon ? Vous ne devriez pas me mettre des menottes ?

— Une idée intéressante dont nous pourrons discuter plus tard, commenta-t-il d'une voix traînante.

Maddie se sentit rougir jusqu'à la racine des cheveux.

— La seule chose dont je souhaite discuter avec vous, comte Valieri, c'est l'heure du vol qui me ramènera à Londres !

Et, la tête haute, elle suivit Luisa dans l'escalier sans se retourner.

Oui, elle s'était comportée de façon stupide, et même impardonnable, mais elle n'allait pas s'avilir une seconde fois. Et elle devait aussi cesser de culpabiliser. Le mieux était de reporter sa colère sur lui, se dit-elle en serrant les poings. A partir de maintenant, il pouvait garder ses « *mia bella* », et le sourire prometteur qui accompagnait ses compliments douteux, pour sa maîtresse !

Ou n'importe quelle autre femme, puisqu'il était incapable de rester fidèle pendant vingt-quatre heures !

10.

Maddie suivit Luisa dans la grande galerie.

Elle n'avait pas parlé sérieusement, bien sûr, en mentionnant le donjon, même si elle s'attendait à être enfermée dans un endroit plus sécurisé que la chambre aux multiples portes.

A mi-chemin, Luisa tourna dans un corridor que Maddie n'avait encore jamais emprunté. Elle essaya en vain de se rappeler l'expression italienne pour « Où allons-nous ? » et soupira. Si seulement quelqu'un voulait bien lui expliquer ce qui se passait, même dans un anglais rudimentaire.

— *Dov'e Domenica* ? s'enquit-elle. Elle est toujours… ?

Elle mima le mot « malade ». Luisa se lança dans un discours incompréhensible et Maddie ne fut guère plus avancée. Entre-temps, elles étaient arrivées devant une double porte. La jeune employée l'ouvrit et s'effaça pour la laisser passer.

Maddie découvrit avec surprise un salon exigu mais charmant. Il était meublé d'un sofa, de fauteuils recouverts de brocart bleu, vert et or regroupés autour d'une belle cheminée, et d'un bureau ancien. Les murs étaient tendus de soie et une banquette capitonnée courait sous la longue baie vitrée.

« Si ça se trouve, c'est encore un trompe-l'œil et je suis dans un placard ! » pensa-t-elle en s'avançant d'un pas hésitant.

Mais la fenêtre était bien réelle et donnait sur un jardin aux parterres géométriques, baigné par un soleil timide qui faisait luire les feuillages.

— C'est charmant. *Bello* ! dit-elle en se tournant vers Luisa.

La jeune employée la remercia d'un sourire et indiqua une porte entrouverte, derrière elle. Maddie pénétra alors dans une chambre spacieuse occupée par un grand lit à baldaquin garni de voilages bleu foncé, dont la tête et les piliers étaient magnifiquement sculptés. On retrouvait ces motifs autour d'une autre porte.

Maddie la franchit et son regard capta des dorures et l'éclat ivoire d'un carrelage. Une salle de bains…, se dit-elle avec un soupir d'aise. De quoi laver ses cheveux et les débarrasser de la poussière qui avait recouvert le matelas de la masure.

Elle s'adressa à Luisa qui posait son sac de voyage au pied du lit.

— Pour moi ? dit-elle en se frappant la poitrine. *Dormire…* ici ?

La jeune fille acquiesça. Elle ouvrit un placard et montra le reste des vêtements que Maddie avait apportés, bien rangés dans la penderie et sur les étagères. Elle alla en ouvrir un autre et Maddie vit qu'il contenait toutes les parures aux couleurs précieuses qu'elle avait dû porter à la villa.

Bizarrement, en voyant tout cela, elle fut convaincue que sa détention à la *Casa Lupo* touchait à sa fin. Elle allait enfin rentrer chez elle et retrouver sa vie d'avant.

Pourquoi Andrea Valieri l'avait-il transférée dans cette suite, la plus belle, qu'il réservait à ses invités ? Espérait-il qu'elle plaiderait en sa faveur et qu'elle raconterait qu'elle avait été bien traitée ? Elle devait reconnaître que depuis le début on la recevait comme une reine.

« Je voulais qu'il soit puni et qu'on le jette en prison, se rappela-t-elle. Mais à présent, je ne suis plus sûre de rien. »

— *Signorina ?*

Se rendant compte que Luisa l'observait avec anxiété, Maddie se força à sourire.

— *Grazie*, Luisa. Je n'ai plus besoin de rien. *Niente.*

La jeune fille hocha la tête, lui montra le cordon de la sonnette et s'éclipsa.

Restée seule, Maddie retourna dans la salle de bains et se fit couler un bain. Elle se glissa dans l'eau chaude en grimaçant à cause de ses égratignures. Elle était aussi couverte de bleus, ce qui n'était pas idéal pour ses retrouvailles avec Jeremy, songea-t-elle avec ironie. Mais c'était parce qu'elle avait été désespérée qu'elle avait pris tous ces risques. Elle ferait en sorte qu'il le sache. Ou peut-être pas…

Elle se surprit à examiner son corps, cherchant d'autres traces, celles laissées par Andrea Valieri et qui révéleraient sa trahison.

« Oh ! Arrête… », se morigéna-t-elle en s'emparant du shampooing.

Il lui fallut pas moins de trois bons lavages et de plusieurs rinçages pour retrouver des cheveux parfaitement propres. Comme elle les tordait pour les égoutter, Maddie entendit un léger bruit et tourna la tête.

Andrea Valieri se tenait dans l'embrasure de la porte. Une expression fascinée se peignait sur son visage séduisant et ses yeux mordorés brillaient d'un feu intérieur.

— *Che bella sirena…*, murmura-t-il en s'avançant.

Sous le choc, Maddie se figea. Puis, dans un geste réflexe, elle protégea son buste de ses mains et se mit à crier :

— N'approchez pas ! Comment osez-vous entrer ici ? Sortez !

Surpris par cet accueil, Andrea s'immobilisa.

— *Dio mio…* Je venais seulement vous apporter ceci, dit-il en montrant le tube de crème antiseptique.

— Alors, posez-le et allez-vous-en ! répondit-elle d'une voix sourde.

Il n'obéit qu'à la première partie de cet ordre.

— Pourquoi vous énerver, *carissima* ? Votre corps n'est plus un mystère pour moi.

— Comme si j'avais besoin que vous me le rappeliez ! répliqua-t-elle, amère.

— Pour ma part, ce souvenir est délicieux. Mais il vous suffisait de dire non, Maddalena. Pourquoi ne m'avez-vous pas arrêté quand vous en aviez encore l'occasion ?

Maddie se mordit la lèvre.

— Parce que j'avais connu des moments terribles dans votre maudite forêt. Voir ce loup a été l'épreuve de trop. J'étais terrifiée, à bout de nerfs, et vous… vous avez profité de la situation !

— Quelle hypocrisie, Maddalena ! Si nous n'avions pas été interrompus, le profit aurait été mutuel, et vous le savez. Alors, inutile de prétendre le contraire.

— Je… Je ne savais pas ce que je faisais, se défendit-elle. Je n'arrivais pas à penser clairement. A l'inverse de vous, *signore*. Vous aviez une idée très précise en tête.

Andrea haussa les épaules.

— Je voulais vous faire l'amour, *mia bella*. Ce n'est pas un secret d'Etat.

— Parce que quelques heures de célibat, c'est encore trop pour vous ? lança-t-elle d'un ton cinglant. Vous reveniez tout juste de chez une femme à Viareggio quand vous vous êtes lancé à ma recherche.

— Portofino, corrigea-t-il sans se démonter. Je rendais visite à une femme à Portofino, pas à Viareggio.

— Vous croyez que ça change quoi que ce soit ?

— Quitte à être accusé, je préfère que l'accusation soit exacte. J'ai remarqué que vous ne partagez pas mon point de vue.

— Je n'ai aucune envie de partager quoi que ce soit avec vous, comte Valieri ! s'emporta Maddie. Et cela inclut cette maison. Quand serai-je libre de partir d'ici ?

— Je regrette, mais la décision ne m'appartient pas, *mia bella*.

Il s'empara du peignoir accroché derrière la porte et le lui tendit en ajoutant :

— Votre bain doit être tiède, maintenant, et je n'ai pas envie que vous preniez froid.

Voyant son expression hostile, il soupira et posa le vêtement sur le bord de la baignoire avant de se détourner.

Maddie se hâta de sortir du bain, s'emmitoufla dans le peignoir beaucoup trop grand pour elle et noua solidement la ceinture autour de sa taille. Comme elle roulait les manches, elle demanda, soudain mal à l'aise :

— Il est à vous ?

— *Sì*, répondit Andrea en se tournant pour lui faire face. Mais rassurez-vous, il a été lavé. Vous ne risquez pas d'être contaminée.

— Et cette salle de bains, cette suite ? s'enquit-elle, la bouche sèche.

— *Naturalmente*, je possède toute la villa. Comment en serait-il autrement ?

— Ce… Ce n'est pas ce que je veux dire. Et vous le savez !

— Vous êtes inquiète parce que vous partagez ma suite ?

— Inquiète ? Furieuse, plutôt ! Ça vous surprend ?

— Plus rien ne me surprendrait venant de vous, Maddalena. Disons juste que je suis déçu.

— Pourquoi ? Parce que votre sale plan ne va pas fonctionner ?

— Un *sale plan* ? C'est comme ça que vous considérez mon désir d'être votre amant ?

— Qui est l'hypocrite, maintenant ? rétorqua-t-elle, glaciale.

— Mon désir pour vous est réel et sincère, Maddalena. Il sourit, et Maddie sentit son cœur chavirer.

— Laissez-moi me joindre à vous pour la sieste tout à l'heure et je vous le prouverai, murmura-t-il d'une voix sensuelle.

— C'est vraiment tout ce que vous avez en tête, comte Valieri ? répliqua-t-elle d'un air dégoûté tout en luttant contre l'onde de chaleur que ses paroles séduisantes faisaient naître en elle.

— *Carissima*, comment pourrais-je penser à autre chose

en vous regardant ? J'avoue que je veux aussi vous garder auprès de moi pour empêcher d'autres tentatives d'évasion.

— A moins que vous ne cherchiez un moyen de punir les Sylvester, ou Jeremy plutôt ? Comme ils n'ont pas répondu à votre chantage, vous voulez coucher avec moi et en informer mon fiancé. C'est vraiment cruel comme revanche, déclara Maddie.

Un long silence s'ensuivit. Andrea ne souriait plus.

— Vous avez une imagination débordante, *mia bella*. Et qu'est-ce que je dirais à votre Jeremy, à votre avis ? Que vos cheveux ont la couleur du soleil, que votre corps opalescent ressemble à un clair de lune, que vous avez un grain de beauté sur la hanche droite et que j'y ai posé mes lèvres, que vous avez un goût de miel et de roses ? Des détails délicieusement intimes qu'il doit déjà connaître sur vous et qui le blesseraient au dernier degré s'il les entendait de la bouche d'un autre homme ?

Maddie sentait son corps s'enflammer à cette évocation.

— C'est… plausible, non ? balbutia-t-elle.

— Pas pour moi ! Les Sylvester me doivent réparation, et c'est tout ce que j'attends d'eux. Rien d'autre. Ce que vous suggérez est une insulte, envers vous-même et envers moi, riposta-t-il d'une voix dure.

— Alors, laissez-moi retourner dans l'autre chambre. S'il vous plaît…

— Justement, ça ne me plaît pas. Vous resterez ici, au moins par mesure de sécurité. Et vous dormirez seule. Quant à moi, je m'installerai dans la chambre voisine, qui communique avec la vôtre.

— Il y a une serrure sur la porte ? s'enquit Maddie.

L'ombre d'un sourire joua sur les lèvres d'Andrea.

— *Sì*. Mais pas de clé.

— Et vous espérez que je vais vous faire confiance ? protesta-t-elle. Aucune chance, *signore*. Si jamais vous osez m'approcher de nouveau, je vous promets que je me défendrai. Bec et ongles !

— Comme vous changez vite d'attitude ! commenta-t-il, cynique. Mais vous ne tiendrez pas votre promesse. Parce que la prochaine fois, mon joli rayon de lune, vous viendrez à moi de votre plein gré et vous vous abandonnerez entre mes bras. Ça aussi, c'est une promesse.

Là-dessus, il sortit de la salle de bains et ferma la porte derrière lui, laissant Maddie immobile, une main pressée sur sa gorge.

Elle s'assit sur le bord de la baignoire et s'efforça de se calmer. Quand il lui apparut qu'Andrea ne reviendrait pas, elle se leva, prit le sèche-cheveux sur une étagère et se coiffa avec soin.

Des cheveux de la couleur du soleil…

Son cœur se mit à cogner dans sa poitrine en se rappelant ses paroles. Non qu'elles aient un lien quelconque avec elle. C'était le discours bien rodé d'un séducteur et elle traiterait ces « compliments » avec tout le mépris qu'ils méritaient, décréta-t-elle. En même temps, elle ne put s'empêcher de penser que, si Jeremy trouvait que son corps évoquait un clair de lune, il ne le lui avait certainement jamais dit.

Quant aux mots qu'Andrea avait lancés en partant, ils auraient été impardonnables s'ils n'avaient été aussi ridicules. Comme si elle allait s'offrir un jour à lui !

Maddie appliqua la crème antiseptique, s'habilla d'une jupe bleue toute simple et d'un T-shirt blanc, puis revint dans le petit salon et alla se pelotonner sur la banquette, devant la fenêtre.

Un goût de miel et de roses…

Oh ! assez !

Elle ferma les yeux et s'efforça de chasser de son esprit ces paroles et ces souvenirs vivaces.

Ce fut avec soulagement qu'elle vit apparaître Eustacio. Il lui apportait le déjeuner composé d'un potage, d'un gratin de pâtes et de fruits frais. Après s'être assuré qu'elle n'avait besoin de rien, il l'informa que le comte avait dû s'absenter pour une affaire urgente, mais qu'il espérait qu'elle lui ferait l'honneur de dîner avec lui le soir même.

Maddie pouvait fournir toutes sortes d'excuses parfaitement plausibles. Mais cela reviendrait à dire qu'elle avait peur de lui.

— D'accord, répondit-elle par bravade.

Tout en prenant son repas, elle se demanda où cette affaire urgente avait conduit le comte. A Viareggio ? A Portofino ? Bah, cela ne la regardait pas. Tout ce qui comptait, c'était que les négociations avec les Sylvester aboutissent enfin. Car cette situation ne pouvait durer indéfiniment.

— Mon Dieu, faites que tout se termine bien et que je puisse partir d'ici. Il le faut…, murmura-t-elle.

Le soir venu, elle revêtit la robe noire qu'elle avait portée à l'opéra et, une fois prête, revint se poster à la fenêtre pour regarder l'ombre descendre sur le jardin.

Ce fut Luisa qui vint la chercher. Rassemblant son courage, Maddie pénétra dans la salle de réception. Presque aussitôt, elle remarqua l'espace vide au-dessus de la cheminée. Etait-elle de nouveau victime d'une illusion d'optique ?

Mais en s'approchant, elle constata que le mur était légèrement décoloré à la place que le tableau avait occupée.

— Je l'ai enlevé.

Maddie pivota et vit Andrea debout sur le seuil. Il portait un élégant costume sombre et, à part sa cravate qu'il avait dénouée et son col de chemise ouvert, il avait l'air aussi puissant et autoritaire que s'il allait présider une réunion de conseil d'administration. Il n'y avait plus aucune trace de l'amant qui l'avait rendue folle de plaisir, le matin même…

Le ventre noué par l'émotion, elle se mit à parler très vite.

— Enlevé ? Pour quelle raison ?

— Après votre rencontre avec le loup hier, j'ai pensé que ce tableau raviverait votre angoisse. Ni vous ni moi ne le souhaitons. Et je voudrais que cette maison redevienne ce qu'elle était autrefois, la *Casa d'Estate*, la Villa d'Eté. C'est vous qui m'inspirez ce changement, *carissima*, acheva-t-il avec un léger sourire.

Maddie s'empourpra et s'efforça de garder une voix neutre.

— C'est un nom… charmant.

Dans le silence qui suivit, leurs regards se rivèrent l'un à l'autre et l'atmosphère se chargea de tension. Maddie eut tout à coup l'impression qu'un seul petit pas lui suffirait pour être dans ses bras, bien qu'Andrea se trouvât à l'autre bout de la salle. C'était comme si une force invisible la poussait inexorablement vers lui. Pour sa propre perte.

Ce constat lui donna la force de réagir, de briser cet enchantement avant qu'il soit trop tard. Elle détourna les yeux et, dans un réflexe de défense, enroula les bras autour d'elle.

Elle perçut le soupir tendu qui s'échappait des lèvres d'Andrea et ce murmure résonna jusqu'au plus profond d'elle-même.

— Vous devez me libérer, déclara-t-elle avec une calme détermination. Vous vous êtes vanté de ne jamais prendre une femme de force, mais vous me retenez ici contre mon gré. Ça ne peut pas continuer comme ça et vous le savez !

— Oui, je le sais. Mais ça ne devrait plus durer très longtemps, maintenant.

La gorge nouée, Maddie leva les yeux vers lui.

— Vous avez des nouvelles ? Un message de Londres ?

— Non, je n'ai rien reçu.

— Alors, mettez un terme à cette histoire absurde et laissez-moi partir, plaida-t-elle d'une voix suraiguë. C'est la seule façon de vous en sortir, parce que le père de Jeremy ne cédera jamais. Vous ne savez pas à qui vous avez affaire !

— C'est là que vous vous trompez, Maddalena. Je le connais depuis longtemps. Depuis presque toute ma vie, en fait. Et moi non plus, je ne cède pas. Etes-vous toujours déterminée à vous marier dans cette famille ?

Maddie redressa le menton.

— J'épouse l'homme que j'aime. Pas sa famille. C'est complètement différent.

Les lèvres d'Andrea s'incurvèrent en un sourire étrange.

— Ravi que vous pensiez ainsi. J'espère que vous ne serez pas déçue.

Sur cette remarque sibylline, il s'approcha de la desserte où étaient disposées les bouteilles d'apéritif. Il prépara pour elle un cocktail à base de Campari et se versa une dose de whisky.

Maddie prit le verre qu'il lui tendait en ayant soin de ne pas effleurer ses doigts.

— A votre futur bonheur, *carissima*. Quel qu'il soit, dit Andrea d'un ton sarcastique.

Il avala d'une traite la moitié de son whisky, puis lui tourna le dos.

— Au bonheur, reprit Maddie d'une voix qui manquait de conviction même à ses propres oreilles.

Elle but une gorgée du cocktail et le trouva amer.

11.

Le dîner fut tendu et ponctué de silences que ni l'un ni l'autre ne semblaient vouloir rompre. Et quand à la fin du repas Eustacio apporta une bouteille de *grappa*, Maddie termina son café à la hâte et s'excusa.

Comme elle emboîtait le pas au majordome, elle entendit la remarque moqueuse d'Andrea :

— Vous me fuyez, *mia bella* ?

Elle ne répondit pas et Eustacio la conduisit par la porte dérobée jusqu'à sa chambre.

Elle constata avec soulagement que le lit avait été défait d'un côté seulement et que sa chemise de nuit en batiste était étalée sur le couvre-lit. Malgré tout, elle se sentait mal à l'aise à cause de la porte de communication qu'on ne pouvait verrouiller. Surtout si Andrea avait l'intention de s'enivrer avec la puissante eau-de-vie italienne avant de monter se coucher...

Finalement, elle s'endormit et rien ne vint troubler son sommeil. Quand elle rouvrit les yeux, le soleil inondait la chambre. Un instant plus tard, la souriante Luisa lui apportait le petit déjeuner. Une enveloppe était posée sur le plateau, portant son nom écrit d'une main familière.

Maddie prit une tasse de café avant de l'ouvrir.

« Veuillez me pardonner pour hier soir. Je me suis comporté de façon grossière. Mais il fait très beau aujourd'hui et je dois me rendre sur la côte. J'espère que vous me laisserez réparer mes torts en acceptant de m'accompagner. Je vous attendrai dans le hall à 11 heures.

A. V. »

Maddie relut le message, sourcils froncés. Fallait-il comprendre que Camillo conduirait ou que le comte serait au volant ?

Son bon sens lui souffla que passer une journée entière en sa compagnie serait jouer avec le feu. D'un autre côté, refuser son invitation était tout aussi dangereux, car cela revenait à admettre qu'elle avait peur de se retrouver seule avec lui.

Aussi, quand Eustacio vint reprendre le plateau, elle lui tendit le billet en déclarant :

— Remerciez le comte et dites-lui que j'accepte son invitation.

Le majordome répéta consciencieusement le message et se retira en faisant une courte révérence.

Maddie alla aussitôt inspecter sa garde-robe. Elle choisit une jupe en lin blanc assortie d'un haut noir. Puis elle attacha ses cheveux sur la nuque avec une barrette en argent. Une tenue formelle plutôt que séduisante, jugea-t-elle avec satisfaction.

Luisa l'accompagna au rez-de-chaussée. Andrea se tenait déjà dans le hall, en pantalon beige et polo bordeaux. Il donnait des instructions à Eustacio, mais en voyant Maddie approcher, il se tut et l'enveloppa d'un regard intense qui la traversa comme une décharge électrique.

L'espace d'une seconde, elle hésita, puis se dit qu'il était trop tard pour faire demi-tour et regagner sa chambre. D'autre part, c'était probablement sa seule chance de voir un peu l'Italie. Car Jeremy ne lui permettrait pas d'y retourner avant longtemps.

Elle descendit le reste des marches et s'avança à sa rencontre, le cœur battant à tout rompre.

— *Buongiorno, signore.*

— *Carissima…* Allons-y.

Une belle décapotable noire qu'elle n'avait encore jamais vue était garée devant la villa et Maddie eut ainsi la confirmation que Camillo ne leur servirait pas de chauffeur. Elle s'installa sur le siège passager en se composant un air serein.

Le moteur rugit comme un fauve. A la sortie de la propriété, ils empruntèrent une route qui descendait vers la vallée. Andrea conduisait bien, même s'il allait vite.

— J'espère qu'il n'y aura pas d'autres orages, dit-elle.

— La tempête va revenir, mais on ne sait pas trop quand.

— Pas avant que je sois partie, au moins ?

Maddie parlait d'un ton léger, mais déterminé, pour lui montrer que c'était tout ce qui lui importait.

— *Naturalmente*. Mais qui sait quand cela arrivera ? répondit Andrea d'un ton suave.

— Ou à quoi ma vie ressemblera à mon retour, ajouta-t-elle, soudain assaillie de doutes.

Elle avait parlé comme pour elle-même et le regretta en voyant Andrea lui couler un regard intrigué.

— Que voulez-vous dire ?

Elle se mordit la lèvre, contrariée de s'être trahie.

— Eh bien… Pour commencer, aurai-je encore un emploi ? Après avoir disparu pendant des jours, je vais rentrer les mains vides, sans avoir accompli ma mission. Cela ne risque pas de faire avancer ma carrière.

— Vous allez vous marier. Ça n'a donc pas d'importance.

Maddie resta suffoquée.

— C'est bien une réflexion de macho, ça !

— Je ne faisais qu'énoncer un point de vue qui doit vous être familier, non ? Ne me dites pas que votre *fidanzato* approuve que sa future épouse travaille, parce que je ne vous croirai pas.

Elle se tourna vers lui, l'air farouche.

— Y a-t-il quelque chose que vous ignorez à mon sujet ?

Un sourire étrange apparut sur les lèvres d'Andrea.

— *Sì*. Un dernier secret que j'aimerais m'approprier. Et vous en êtes parfaitement consciente, *mia bella*.

— Voilà au moins une chose que je peux garder pour moi ! laissa tomber Maddie d'un ton acerbe.

— *Forse Sì, forse no*. Je dirai qu'il faut laisser faire le destin, *carissima*. Pour ma part, je vis sur l'espoir, même s'il y a une foule de choses que j'aimerais vous apprendre à mon sujet et que vous ne m'avez pas encore demandées.

— Vous allez sur la côte. Où m'emmenez-vous au juste ? Je ne connais pas du tout la région, lança-t-elle d'un ton enjoué en pensant que la géographie était un sujet moins risqué.

— Oh ! Je ne vous l'ai pas dit ? répondit Andrea en lui jetant un regard amusé. J'ai une affaire à régler à Portofino. D'ordre personnel.

Maddie regarda fixement devant elle, en proie à un mélange de colère et d'incrédulité. A quoi jouait-il ? Cherchait-il à lui prouver que les femmes de sa vie étaient ouvertes d'esprit et qu'elles ne voyaient pas d'inconvénients à partager ses faveurs ? Au moins, elle s'était épargné l'humiliation d'enrichir son palmarès, se dit-elle, la gorge nouée. Mais se voir contrainte de rencontrer celle du moment… C'était cruel… inimaginable !

Une douleur mordante s'insinua en elle, en même temps qu'une envie sauvage de crier, de le frapper et de fondre en larmes.

« Mon Dieu ! Je suis jalouse. Pour la première fois de ma vie… Pourquoi ? Après tout, ce n'est pas comme si… comme si… »

Maddie cessa de penser en sentant la douleur s'intensifier. Un jour, elle laisserait tout cela derrière elle et cette aventure ressemblerait à un mauvais rêve qu'elle finirait par oublier. Elle devait à tout prix se raccrocher à cette certitude. Pour autant, elle aurait donné n'importe quoi pour être capable d'ordonner à Andrea de faire demi-tour et de la ramener à la villa. Mais elle savait qu'il se moquerait d'elle et ne l'écouterait pas. Il ne lui restait plus qu'à serrer les poings et à se préparer à affronter la situation.

Le trajet s'acheva dans un silence tendu. Andrea lui demanda à deux reprises si tout allait bien et elle lui répondit brièvement par l'affirmative.

Au début, elle se concentra sur le paysage qui se déroulait devant eux. Mais quand ils eurent rejoint la route principale, la circulation se fit très dense et rien ne retint son attention.

Sa colère s'était calmée, ne laissant au fond d'elle-même qu'un vide profond et douloureux. Des larmes lui brûlaient les yeux, mais elle faisait son possible pour les réprimer. Elle n'avait pas le droit de se sentir aussi désespérée, se dit-elle. L'intensité de ses émotions la désarçonnait et elle refusait de les analyser de peur d'en découvrir le sens. Une chose était sûre, en tout cas : ce voyage était une erreur et elle avait hâte qu'il prenne fin.

Bientôt, Portofino se dressa au bord d'une petite péninsule. La route en corniche qui y menait était dangereuse.

Andrea dut percevoir son anxiété, car il déclara :

— Ne vous inquiétez pas. Je connais bien ce trajet.

— Oh ! ça, j'en suis sûre…

Maddie regretta aussitôt la sécheresse de sa réponse et ajouta poliment :

— Et je ne suis pas du tout inquiète.

— *Certo che no !* Bien sûr que non, répondit-il avec ironie. Comme les voitures ne sont pas autorisées dans le village, je vais me garer à l'entrée et nous allons marcher.

— Parfait. Je vais faire une longue balade pendant que vous réglez vos petites affaires.

— Ah, mais pour ça, *mia bella*, j'ai besoin que vous veniez avec moi. Je croyais vous l'avoir dit.

Maddie lui renvoya un regard acéré.

— Et moi, j'espérais que vous auriez la décence de changer d'avis, par respect pour tout le monde.

— Ce n'est pas à moi de changer d'avis, Maddalena, déclara-t-il avec une inflexion dure. Et je vais vous le prouver très vite.

Il s'engagea dans un parking qui dominait la baie et se

gara. Contournant la voiture, il lui ouvrit la portière et lui tendit la main.

Ignorant son geste, Maddie descendit et lissa sa jupe légèrement froissée.

— *Andiamo*, dit Andrea en posant une main ferme sur son bras.

Elle tenta de résister.

— Je vous en prie… Je ne peux pas faire ça. Je… Je ne suis pas prête.

— Prête ou non, il est temps que vous sachiez la vérité. Vous saurez pourquoi je vous ai amenée ici, et aussi certaines des raisons qui font que je ne peux pas vous laisser partir.

Ils descendirent la pente abrupte. Au bout de quelques centaines de mètres, Andrea bifurqua dans une ruelle.

— Où allons-nous ?

— A la Villa Gabriele.

— C'est monstrueux, ce que vous faites, se rebella Maddie avec l'énergie du désespoir. Vous rendez-vous compte à quel point c'est cruel pour elle ?

Elle faillit ajouter « et pour moi » et s'arrêta juste à temps.

— Ça n'est ni monstrueux ni cruel. Juste nécessaire.

La ruelle formait une courbe. Quand ils l'eurent dépassée, la Villa Gabriele apparut, tout en pierres blondes et baignée de soleil derrière son haut portail ouvragé. C'était une demeure imposante, avec de jolis balcons et un jardin en fleurs.

« Eh bien, il ne regarde pas à la dépense ! » pensa Maddie. Voulait-il lui montrer ce qu'elle manquait en refusant de devenir sa maîtresse ? Y avait-il une autre villa quelque part, qui attendait d'être occupée par sa prochaine conquête ?

Andrea remonta l'allée et pressa la sonnette.

La porte s'ouvrit presque aussitôt et Maddie fut stupéfaite de se trouver nez à nez avec… Domenica ! Celle-ci salua poliment Andrea, mais n'accorda à la jeune femme qu'un regard hostile.

Que diable faisait-elle ici ? se demanda Maddie tandis

qu'ils traversaient un hall spacieux, puis un vaste salon donnant sur une terrasse surplombant la mer.

Une femme vêtue de noir se tenait devant la balustrade en pierre. Elle se détourna à leur approche. Mais ce n'était pas la blonde sexy ou la brune voluptueuse que Maddie s'attendait à voir.

L'inconnue était beaucoup plus âgée et ses cheveux coiffés en un lourd chignon étaient striés d'argent. Son visage était encore beau avec des traits fins et délicats, mais son expression était tendue, hagarde même, et ses grands yeux ambrés fixaient Maddie avec hostilité.

Elle s'adressa à Andrea en italien en agitant ses mains fines ; le soleil faisait étinceler les diamants qu'elle portait aux doigts.

— *Mammina*, il le fallait, répondit-il avec douceur. Tu le sais. Maintenant, parle anglais, sinon Maddalena ne va pas te comprendre.

Il se tourna vers Maddie qui se tenait là, comme statufiée.

— *Carissima*, je voudrais vous présenter…

— Je sais qui elle est, l'interrompit-elle d'une voix désincarnée. Vous êtes… Floria Bartrando, la diva disparue que j'étais venue interviewer.

— Elle est aussi ma mère, dit Andrea. La comtesse Valieri.

Sous le choc, Maddie vacilla. Sans trop savoir comment, elle réussit à articuler :

— Enchantée…

Mais la comtesse ne lui rendit pas la politesse.

— Je n'ai aucune envie de vous adresser la parole, *signorina*, l'avertit-elle d'une voix mélodieuse mais sèche. C'est sur l'instance de mon fils que nous nous rencontrons. Je ne reçois pas volontiers une personne qui s'allie ouvertement avec mes ennemis.

La stupeur de Maddie fit place à l'indignation.

— Des ennemis ? Si vous parlez de mon fiancé et de son père, ils savaient exactement pourquoi je suis venue en Italie et il est évident qu'ils n'avaient jamais entendu parler de vous.

— Non, reconnut son interlocutrice d'un ton glacial. Le père d'Andrea a veillé à ce qu'il en soit ainsi. La situation était grave et, ne sachant comment cela se terminerait, il a insisté pour que notre secret soit gardé afin de protéger ma réputation et ma carrière.

— Je ne comprends rien à ce que vous dites. De quelle situation parlez-vous ?

— Commençons par le début, suggéra Andrea d'une voix apaisante. Nous sommes là pour nous expliquer, pas pour créer de nouveaux malentendus.

Il prit la main de sa mère et la porta à ses lèvres.

— *Mammina*, je t'en prie, essaie d'accepter que Maddalena est totalement innocente.

— Innocente ? répéta la comtesse. Je me le demande. Mais faisons ce que tu proposes, *figlio mio*.

Elle indiqua une table et des chaises de jardin disposées sous un auvent.

— Si nous allions nous asseoir ?

Une crainte sourde envahit Maddie. Elle avait peur d'entendre la suite et n'avait qu'une envie : partir d'ici. Depuis qu'elle avait entamé ces recherches sur Floria Bartrando, elle n'était qu'une marionnette manipulée par des forces obscures.

« Non, je dois savoir, se dit-elle. Je ne veux pas passer le reste de ma vie à me demander pourquoi on m'a retenue en otage. »

Quand ils eurent pris place, Domenica apparut avec une cruche de limonade glacée et des verres.

— Je suis prête à vous écouter, déclara Maddie en acceptant le verre qu'Andrea lui avait servi.

Ce fut Andrea qui prit la parole.

— Je dois commencer par vous poser une question. Avez-vous déjà entendu les Sylvester mentionner le nom de Marchetti ?

La jeune femme prit un air concentré.

— Oui, une fois. Par Jeremy. Il disait qu'il y avait eu des directeurs étrangers au conseil d'administration de la banque. Je suis sûre qu'il a cité ce nom-là.

Il acquiesça.

— Benito Marchetti en faisait partie, mais comme sa santé précaire ne lui permettait pas de jouer un rôle actif, son fils Tommaso lui a succédé. Celui-ci avait passé une grande partie de sa jeunesse en Angleterre. A l'école, il avait connu Nigel Sylvester et ils étaient devenus amis. C'était un garçon promis à un brillant avenir. En apprenant qu'il y avait des problèmes à leur succursale de Milan, il a décidé d'aller enquêter sur place. Pendant son séjour, il a rencontré une jeune soprano qui commençait à se faire un nom. Elle était à Milan pour des répétitions avec un maître de chant lyrique, avant de retourner à Rome pour jouer dans *Rigoletto*.

— Nous sommes tombés amoureux, intervint Floria Valieri, le regard tendre et lointain. Nous étions très jeunes et nous nous aimions à la folie. Nous n'avions rien dit à personne, mais le meilleur ami de Tommaso qui nous avait présentés s'est douté de quelque chose et a promis de préserver notre secret. Ce qu'il a fait toute sa vie durant.

— Vous voulez parler... du comte Valieri ? risqua Maddie.

— *Sì*, dit Andrea en prenant le relais. Tommaso et Floria avaient décidé de se marier dès la fin de la saison théâtrale. Il est rentré à Londres pour poursuivre ses investigations sur certaines irrégularités financières qu'il avait découvertes à Milan.

— De quel genre ? s'enquit Maddie en sentant son cœur s'accélérer.

— Des sommes dont on perdait la trace au bout d'un dédale de transactions, d'opérations de change occultes et d'autres fraudes évidentes. Les soupçons se portaient sur une seule et même personne, mais Tommaso refusait de croire cette personne coupable. Il en a parlé à Cesare Valieri qui lui a recommandé d'être prudent. Mais, peu après son arrivée à Londres, il a été arrêté et accusé de détournement de fonds. Toutes ces choses illicites qu'il avait découvertes conduisaient bizarrement jusqu'à lui.

— A combien se montait le vol ? demanda Maddie, la bouche sèche.

— Un demi-million de livres sterling. Tommaso a été emprisonné en attendant son jugement. De sa cellule, il a écrit à sa *fidanzata*, pour lui expliquer qu'il était victime d'une machination et qu'il prouverait rapidement son innocence. Il lui recommandait de ne pas venir en Angleterre et de lui écrire par le biais de son avocat. Il a fait les mêmes recommandations à Cesare en le priant de prendre soin de celle qu'il aimait, au cas où le pire arriverait. Il était sûr que les charges contre lui tomberaient d'elles-mêmes et que le vrai fraudeur serait puni. Il a aussi livré… le nom du coupable.

Maddie jeta un regard direct à la comtesse.

— Je sais ce que vous allez dire, déclara-t-elle, la gorge nouée. Et je… je ne peux pas le croire.

— Tommaso non plus, au début, répondit celle-ci. Cet homme était son ami, il semblait impossible qu'il ait volé et qu'il ait « fabriqué » des preuves pour le faire accuser. Pourtant, c'est la vérité.

Elle fixa Maddie d'un regard perçant.

— Comprenez bien ceci, *signorina*. Nigel Sylvester est un voleur et, au regard de Dieu, un meurtrier.

12.

Maddie se leva si brusquement qu'elle renversa son verre.

— Non ! Jamais je ne croirai une chose pareille…

— J'ai dit : un meurtrier au regard de Dieu, coupa la comtesse d'un ton sec. Ce n'est pas lui qui a commis le crime et il n'a pas non plus engagé quelqu'un pour le faire. Je le disculpe de ça. Mais ce sont ses manigances qui ont conduit mon Tommaso en prison et c'est pourquoi je le tiens responsable de sa mort.

— Il y a eu une bagarre à la prison, expliqua Andrea. Deux hommes s'en prenaient à un plus faible. Tommaso est allé à son secours, mais l'un des assaillants tenait un morceau de métal. Dans la lutte, mon père a été touché à la gorge, accidentellement semble-t-il. Il est mort avant qu'on ait pu faire quoi que ce soit pour le sauver.

— Votre père ? répéta Maddie, médusée. Mais je croyais…

La comtesse reprit la parole.

— J'avais dit à Tommaso que j'allais avoir un enfant juste avant qu'il parte pour Londres. Et je suis heureuse qu'il l'ait su. Je me disais qu'il avait une raison de plus de se battre pour prouver son innocence. Ce qu'il aurait fait s'il avait vécu, dit-elle douloureusement en pressant un mouchoir de dentelle sur ses lèvres. Mais à sa mort, l'affaire a été classée, laissant cette injustice abominable entacher son nom et sa mémoire.

Les jambes tremblantes, Maddie se rassit.

— Mais… que pouvez-vous faire, maintenant ?

Un éclair traversa le regard de Floria Valieri.

— Faire payer Nigel Sylvester. Il faut parfois savoir attendre pour accomplir sa vengeance.

— Vous ne pouvez rien prouver ! riposta Maddie qui se sentait obligée de défendre son futur beau-père. Et il se peut que M. Marchetti se soit trompé. Vous l'aimiez et vous ne voulez pas mettre sa parole en doute, ce que je comprends tout à fait. Mais son innocence ne fait pas nécessairement de Nigel Sylvester un coupable.

— Les preuves existent. Tommaso avait consigné tous les détails de son enquête et avait caché ces écrits sous les lattes du plancher de son appartement de Londres.

— Il a mis Cesare Valieri au courant, intervint Andrea. Celui-ci a trouvé le dossier, même si l'appartement de mon père avait été fouillé par la police et, plus tard, mis à sac... par quelqu'un d'autre.

Maddie déglutit avec peine.

— Si le comte était en possession de ces preuves, pourquoi ne les a-t-il pas utilisées ?

— Parce que l'affaire était officiellement close et parce qu'il savait que mon père n'avait aucune confiance en l'officier de police qui avait mené l'enquête. Il craignait que les preuves ne disparaissent.

— Et avant tout, il pensait à moi, enchaîna la comtesse. Quand j'ai appris la terrible nouvelle, j'ai sombré dans le désespoir. Je pouvais à peine parler et encore moins chanter. J'ai même cru que j'allais perdre mon bébé.

Maddie sentit l'émotion lui bloquer la gorge. Malgré elle, son regard se posa sur Andrea, dont le visage fier et austère contrastait avec ses prunelles dorées. Ses sourires charmeurs la faisaient chavirer et il l'avait aimée de façon inoubliable...

— Cesare avait promis de me protéger, poursuivit la mère d'Andrea. Et il a tenu parole. J'avais besoin de calme et d'un refuge pour recouvrer mes forces et ma raison, et faire mon deuil. Il m'a donné tout ça, et même beaucoup plus, dit-elle en esquissant un sourire attendri. Il nous a offert son nom, à moi et à l'enfant que je portais, sans rien demander en retour. Nous nous sommes mariés en secret et nous sommes allés vivre à la *Casa Lupo*. C'est là qu'Andrea est né et qu'il a été élevé comme l'enfant de Cesare.

— Les gens ont dû vous chercher, dit Maddie. Vous étiez déjà célèbre et vous avez disparu du jour au lendemain.

La comtesse haussa les épaules.

— Mais personne ne savait où me chercher. Vous-même, *signorina*, vous ne l'auriez pas su si mon fils ne vous avait pas conduite ici.

— Comment avez-vous supporté d'abandonner le chant, vous qui aviez une voix magnifique ?

— Longtemps, je suis restée prostrée dans mon chagrin. Puis le temps a passé, mon fils est né et ma vie a changé en mieux. J'étais l'épouse d'un homme qui m'aimait et, grâce à ce nouveau bonheur, ma voix est revenue peu à peu. Mais j'ai fait le vœu solennel de ne jamais rechanter sur scène tant que Nigel Sylvester n'aurait pas expié ses fautes. Et je tiendrai parole, même si j'espère que mon retour se fera prochainement.

— C'est comme ça que vous m'avez attirée ici…, murmura Maddie. Qu'auriez-vous fait si la société de télévision qui m'emploie avait dépêché quelqu'un d'autre sur place ?

— Nous avions d'autres plans. Peut-être aurions-nous tenté quelque chose aux Maldives, avoua la comtesse.

La jeune femme ravala son souffle.

— Vous saviez où j'avais prévu d'aller en voyage de noces ?

— La famille Sylvester n'est certainement pas un mystère pour nous. Mon défunt mari les faisait surveiller. Ces dernières années, la surveillance s'est accrue. Nous n'avons jamais eu de griefs contre vous, mais nous pensions que vous pourriez nous être utile. Et c'est le cas. En apprenant la prochaine nomination de Nigel Sylvester comme membre de votre Parlement, nous avons su que l'occasion nous était donnée de le priver de la seule chose qu'il convoitait depuis toujours. La récompense suprême d'une carrière fondée sur la cupidité, la trahison, et l'escroquerie !

— Vous pensez vraiment qu'il laissera tomber ça ? demanda Maddie avec incrédulité. Jamais de la vie !

Ce fut Andrea qui lui répondit.

— Il n'a pas le choix. Dans les documents de mon père figure une lettre signée de la main de Sylvester, où il le prie au nom de leur vieille amitié et de la renommée de la banque de ne pas rendre la fraude publique. Il offre même de réparer ses torts. Il doit penser que cette lettre n'a jamais été retrouvée.

— Mais si vous avez cette preuve, pourquoi avez-vous besoin de moi ? s'étonna Maddie. Ça n'a aucun sens.

— Parce que nous attendons qu'il reconnaisse par écrit sa culpabilité. Pas seulement les malversations financières, mais aussi la trahison qui a conduit à la mort de mon père. Et qu'il renonce à la pairie qui lui est offerte…

— Alors, je ne suis pas surprise qu'il n'ait pas répondu, dit Maddie d'un air absent. Vous lui demandez l'impossible.

La comtesse se rembrunit.

— Vous nous blâmez, *signorina* ?

— Non. Etant donné les circonstances, je ne peux pas vous en vouloir. Mais vous comprendrez aussi que j'aurais préféré ne jamais entendre parler de vous.

Sur ce, Maddie se leva et s'avança vers la balustrade. Elle contempla le panorama des maisonnettes colorées qui s'étageaient parmi les cyprès, les cèdres et les palmiers, jusqu'au port de pêcheurs face à la mer d'un bleu scintillant.

C'était si beau et si lumineux, se dit-elle, alors que le monde sécurisant vers lequel elle avait été impatiente de retourner était devenu sombre et laid, tout à coup.

Derrière elle, elle entendit un murmure de voix, puis des pas de femme qui s'éloignaient. Floria Valieri rentrait dans la villa.

Andrea vint la rejoindre devant la rambarde.

— Pardonnez-moi, Maddalena, mais il était temps de vous apprendre la vérité, dit-il avec douceur.

— Jeremy ne sait rien de tout ça. Rien du tout, je vous assure, répondit-elle en continuant de fixer la vue.

— *Naturalmente...*

L'inflexion ironique n'échappa pas à Maddie.

— Vous ne me croyez pas? protesta-t-elle en se tournant vers lui.

— Si vous, vous le croyez, c'est suffisant.

Vivement, elle changea de sujet.

— J'aurais aimé connaître la comtesse en d'autres circonstances.

— Je comprends...

Troublée par son timbre rauque, elle se mit à parler très vite.

— Je suis contente de savoir qu'elle a été heureuse avec votre... beau-père.

Il hocha la tête d'un air grave.

— C'était le meilleur des hommes. Il l'aimait depuis le début, mais quand elle a rencontré Tommaso, il a tout de suite su qu'il l'avait perdue. Alors, il s'est effacé.

Maddie fixa de nouveau l'horizon.

— Peut-être aurait-il dû se déclarer à ce moment-là. Ne pas se montrer aussi noble... Pouvons-nous partir, maintenant?

— Pas encore. Nous allons déjeuner avec ma mère.

— Je ne pourrai rien avaler.

— *Carissima*, ce n'est pas un bon moyen de faire face aux mauvaises nouvelles. Venez, dit Andrea en la prenant par le bras.

Le contact de ses doigts l'électrisa tout entière.

— Ne me touchez pas!

Il se recula, les traits assombris.

— Comme vous voudrez, Maddalena. Mais vous ne ferez pas attendre ma mère. Maintenant, venez.

Elle le précéda à l'intérieur où Domenica attendait pour

les escorter dans une salle à manger fraîche et ombreuse. Maddie remarqua la belle table dressée, la nappe de dentelle, les chaises à haut dossier et le grand vaisselier qui supportait des chandeliers d'argent et un magnifique service à café ancien. La salle à manger de la *Casa Lupo* semblait presque rustique en comparaison, pensa-t-elle en s'asseyant à la place qu'on lui indiquait.

Après les *antipasti*, on servit de savoureuses *linguine al pesto*, puis du poisson nappé d'une sauce aux herbes. Des pêches au vin constituaient le dessert.

Maddie goûta à tous les plats, mais sans appétit.

Comme on pouvait s'y attendre, la conversation fut empruntée. Perdu dans ses pensées, Andrea parlait peu, si bien que la comtesse se chargea de la questionner avec politesse sur son travail. La jeune femme lui répondit tout aussi succinctement.

— J'espère que votre expérience ici ne vous aura pas dégoûtée de l'opéra, déclara la comtesse au moment du café. Vous m'avez fait l'impression d'apprécier *Rigoletto*.

Maddie eut un léger sursaut.

— Alors, c'était vous, dans la loge ?

— *Certamente.* J'étais curieuse de vous voir, *signorina*. Quant au spectacle, j'ai trouvé qu'Ernesto Brazzoni n'avait pas ce feu qui rend le personnage du duc si diabolique. Et si fascinant pour toutes ces malheureuses femmes.

— Pour ma part, ce genre de caractère ne m'attire pas du tout, déclara Maddie avec hauteur. Je pense qu'un aristocrate devrait faire preuve de retenue.

Andrea sortit enfin de son mutisme.

— S'il s'était comporté ainsi, il n'y aurait pas d'histoire.

— Et la jeune femme qui l'aimait vraiment n'aurait pas connu le chagrin et encore moins une fin tragique, termina-t-elle sur un ton de défi.

— Ah, l'amour vrai ! dit-il avec un sourire cynique. Je salue votre grande expérience dans ce domaine.

Maddie en eut le souffle coupé. Et lui, que savait-il des

chagrins d'amour et des cœurs brisés ? Combien de temps cette femme de Viareggio avait-elle passé à l'attendre, récemment ?

A ce stade, Domenica revint dans la salle. Elle parla à Andrea en italien, mais Maddie comprit le mot *telefonata*. Soudain, son cœur s'accéléra et une vague d'excitation et de crainte l'envahit.

« Du calme. Ce coup de fil est peut-être tout à fait anodin. Ça concerne peut-être ses affaires... ou un problème à la *Casa Lupo*. »

Mais en voyant Andrea se lever et poser une main sur l'épaule de sa mère avant de sortir de la pièce, elle sut que cet appel n'avait rien d'ordinaire. La comtesse s'était raidie elle aussi et regardait droit devant elle. A mesure que les minutes s'écoulaient, la tension devint insupportable.

Maddie gardait les mains crispées sur ses genoux. Une petite voix intérieure lui soufflait que le moment qu'elle avait tant attendu était venu.

« Tu devrais sourire et penser à tes retrouvailles imminentes avec Jeremy. Etre folle de joie à l'idée de le revoir, de retourner vers la vie normale, de reprendre les préparatifs de ton mariage... »

Seulement, ce qu'elle venait d'apprendre avait tout changé. Il y aurait une confrontation, des questions embarrassantes et des réponses à exiger.

Andrea revint dans la salle à manger et ferma la porte derrière lui. Maddie vit un muscle de sa mâchoire tressaillir. Cependant, ce fut d'une voix calme sans le moindre accent de triomphe qu'il annonça :

— Quelqu'un est arrivé d'Angleterre et attend à la villa. Il apporte la lettre que nous attendions. C'est fini, enfin.

Le silence retomba, puis la comtesse éclata en sanglots. Andrea l'entoura de ses bras en lui murmurant des paroles de réconfort.

Maddie se leva et sortit discrètement de la salle à manger. Comme elle s'arrêtait dans le hall, Domenica reparut.

— Que faites-vous là ? demanda-t-elle avec agressivité. Son Excellence vous a dit de visiter la maison ? Ça m'étonnerait !

— Je cherche la salle de bains. J'ai le droit de me rafraîchir, il me semble !

De mauvaise grâce, l'employée la conduisit à l'étage et lui montra une spacieuse salle d'eau carrelée en bleu et argent.

— J'attends ici, annonça-t-elle en se postant dans le couloir.

« Au cas où j'essaierais de subtiliser les serviettes de bain ? » se dit Maddie, optant pour l'ironie.

Pour autant, elle n'avait pas envie de rire. Pendant qu'elle aspergeait son visage d'eau froide, ses jambes tremblaient si fort qu'elle dut s'appuyer au lavabo.

Jeremy était venu, enfin !… Quand elle arriverait à la *Casa Lupo* et qu'elle le verrait, tout irait bien. Ensemble, ils affronteraient tous ces problèmes. Alors, pourquoi était-ce tout à coup si difficile d'évoquer ses traits, de se remémorer le son de sa voix ou le contact de ses bras autour d'elle ?

Un coup bref frappé à la porte la tira de ses interrogations. De toute évidence, Domenica commençait à s'impatienter.

— *Uno momento !* lança-t-elle en arrangeant ses cheveux d'une main tremblante. Vous voulez peut-être me fouiller ? ajouta-t-elle en ouvrant la porte. Oh !… Je suis désolée.

Elle s'empourpra en découvrant que c'était la comtesse et non Domenica qui avait frappé.

— Il n'y a pas de mal, répondit Floria Valieri qui, entre-temps, s'était ressaisie. Mon fils me charge de vous dire qu'il veut partir le plus tôt possible.

— Oui… Oui, bien sûr.

— J'ai renvoyé mon employée de maison pour pouvoir parler avec vous en privé, expliqua-t-elle. Je vous dois des excuses, *signorina*. Je pensais que vous connaissiez la vraie nature de votre futur beau-père, mais que vous étiez prête à fermer les yeux à cause de sa fortune. C'est pourquoi je vous prenais pour l'une des leurs. Mais je ne suis plus de cet avis.

— Mes relations avec M. Sylvester n'ont jamais été faciles, lui confia Maddie. Et maintenant, ce sera encore plus compliqué. Mais je me suis toujours dit que j'épousais Jeremy, pas sa famille, et je sais que mon fiancé n'est pour rien dans cette histoire. Nous saurons surmonter ça, termina-t-elle avec un sourire forcé.

— Votre loyauté est louable. En cela, vous ressemblez à Domenica, d'une certaine manière, déclara-t-elle, amusée. Elle m'a toujours été farouchement dévouée.

— Dommage que je n'aie vu que son côté farouche. Elle est comme ça avec tous les étrangers ou seulement avec moi ?

— Sa grand-mère était réputée comme voyante. Il semble qu'elle ait prédit qu'une femme blonde venant de l'autre côté de la mer causerait la fin de la *Casa Lupo*. Domenica est convaincue qu'il s'agit de vous.

Maddie secoua la tête.

— Elle se trompe. Je ne suis certainement pas la dernière étrangère blonde à croiser le chemin d'Andrea. Je sais que j'ai souvent menacé votre fils au début, mais c'est du passé. Je vous promets que je ne lui causerai pas d'ennuis à mon retour à Londres.

— Merci de me rassurer, dit la comtesse d'un air méditatif. Mais je crains, *signorina*, que le mal soit déjà fait.

Elle laissa échapper un profond soupir.

— Et maintenant, ne faisons pas attendre Andrea plus longtemps !

13.

Andrea faisait les cent pas dans le hall, la mine sombre. Il vint au-devant de sa mère, lui prit les mains et les porta à ses lèvres.

— Je ferai ce que nous avons décidé, *Mammina*, déclarat-il d'une voix chargée d'émotion.

La comtesse acquiesça.

— Justice sera faite. C'est tout ce qui compte.

En assistant à cet échange, Maddie ne put réprimer un frisson. Elle avait pensé qu'Andrea n'était pas de taille à affronter Nigel Sylvester. Mais apparemment les rôles s'inversaient.

Comme elle quittait la villa en compagnie d'Andrea, elle remarqua une silhouette familière à l'une des fenêtres. Celle-ci la fixait et tendait son poing serré.

— Domenica vous fait la *mano cornuto*, expliqua-t-il. Une protection contre le mauvais œil.

— Oh ! je pense que c'est exagéré, répondit Maddie en adoptant un ton léger. Après tout, elle ne me reverra jamais.

— Je l'avais fait venir à la *Casa Lupo*, parce qu'elle parle un peu anglais. Je pensais que ça faciliterait les choses, mais c'était une erreur, s'excusa-t-il.

Maddie resta un moment silencieuse. Enfin, elle risqua :

— Si la lettre contient ce que vous demandez, pensez-vous que votre mère se remettra au chant ?

Andrea haussa les épaules.

— *Non lo so*. Qui sait ?

Après quoi, il ne prononça plus un mot.

Mais ça n'avait pas d'importance, se dit Maddie. Dans peu de temps, elle allait retrouver Jeremy. Dès qu'il la prendrait dans ses bras, tout irait pour le mieux.

« J'en suis sûre. »

Elle se répéta ces mots tout au long du trajet jusqu'à la villa.

Devant la maison, une voiture était garée et le chauffeur fumait une cigarette, appuyé contre le capot. Maddie remarqua aussi Eustacio qui se tenait sur le perron, la mine angoissée. Il accueillit son patron par un flot de paroles en italien. Andrea acquiesça brièvement avant d'inviter Maddie à le précéder à l'intérieur.

Dans le hall, elle s'arrêta.

— Maddalena…

Elle avait une folle envie de se détourner, de se jeter dans ses bras et de le supplier de la garder. Dans un vaillant effort, elle parvint à résister à cette impulsion.

— Je m'appelle Maddie. Maddie Lang. Et j'aimerais voir mon fiancé maintenant, répondit-elle, sur la défensive.

Tandis qu'il actionnait l'ouverture secrète de la salle de réception, le cœur de Maddie se mit à cogner dans sa poitrine et elle sentit une vague nausée l'envahir.

« Du cran ! Jeremy t'attend. Tu dois l'affronter… »

La tête haute, elle s'avança dans la pièce et se figea net, en portant une main à sa bouche. Car l'homme qui se levait du fauteuil près de la cheminée n'était pas Jeremy. Elle ne le connaissait même pas. Il était grand, corpulent, avec des cheveux gris et clairsemés et un visage rougeaud.

— Vous devez être Mlle Lang, déclara-t-il. Pour une victime d'enlèvement, vous semblez jouir d'une belle liberté. Savez-vous depuis quand je vous attends ?

Andrea prit la parole.

— Si nous avions été informés de votre venue, *signore*, ce désagrément aurait pu être évité.

Le nouveau venu le toisa.

— Je suis ici pour remettre une lettre à un certain comte

Valieri. Pendant ce temps, allez chercher vos bagages. Nous prenons l'avion ce soir à Gênes.

Maddie se raidit, mais Andrea intervint de nouveau.

— Il me semble que votre nom est Simpson, *signore*. Soyez le bienvenu chez moi.

— Gardez vos politesses, répondit sèchement Simpson. J'ai pour consigne de régler l'affaire et de partir avec la jeune femme.

Puis, se tournant vers Maddie, il ajouta :

— Qu'est-ce que vous attendez ? Vous avez causé assez d'ennuis comme ça. Inutile en plus de nous faire rater l'avion.

— Comment osez-vous me parler ainsi ? s'insurgea-t-elle. Et où est Jeremy, mon fiancé ? Pourquoi n'est-il pas ici ?

Son interlocuteur pinça les lèvres.

— Vous pensiez que mon client laisserait son fils se fourrer dans un autre piège visant à l'extorquer ? Oh ! non, ma petite. Votre escapade italienne lui a coûté suffisamment cher. C'est moi qui ai été mandé pour vous ramener à Londres, saine et sauve, ainsi que votre kidnappeur l'a promis.

Il ouvrit une serviette en cuir et en sortit une enveloppe.

— Quant au soi-disant comte, il obtient ceci en échange de votre libération. Et j'exige un reçu !

Andrea le fixa d'un air glacial.

— Je tiens à vérifier le contenu de l'enveloppe avant de laisser partir la *signorina* Lang sous votre escorte.

Il prit le pli des mains de Simpson, s'approcha de la fenêtre et garda le dos tourné.

Maddie regarda les flammes danser dans la cheminée. Elle aurait aimé que le feu fasse fondre le bloc de glace qu'elle sentait en elle. Si l'enveloppe ne contenait pas ce qu'il attendait, qu'allait-il se passer ?

Andrea revint vers eux, la mine imperturbable.

— Votre client a tenu parole, annonça-t-il. Je vais demander qu'on descende les affaires de la *signorina* immédiatement.

— C'est à moi d'en décider, intervint Maddie. Alors,

cessez tous les deux de faire comme si je n'étais pas là ! Je ne voyagerai pas avec vous, monsieur Simpson, ni ce soir ni un autre jour. Je suis arrivée seule et je repartirai seule, quand je le voudrai, en utilisant mon billet de retour.

— Ce ne sont pas les instructions de mon client.

— Vous êtes payé pour faire ce qu'il vous a ordonné. Pas moi. S'il voulait que j'obéisse, il n'avait qu'à envoyer un émissaire plus courtois. Dites-lui ça de ma part, déclara Maddie d'un ton cassant.

— Mais il va attendre…

— Moi aussi, j'ai attendu ! Et longtemps, compte tenu que je pensais être libérée en moins de quarante-huit heures. Ça aussi, vous pourrez le lui dire.

Simpson se tourna vers Andrea. Son visage semblait enfler à vue d'œil.

— L'accord est rompu, décréta-t-il.

Andrea haussa les épaules.

— Pourquoi ? J'ai libéré la *signorina* Lang. Elle n'est plus sous mon contrôle et je ne peux l'obliger à rentrer avec vous. Vous pouvez toujours essayer de la traîner de force jusqu'à votre voiture, mais je ne vous le conseille pas.

— Moi non plus ! dit Maddie d'un ton menaçant.

— Je commence à croire que vous êtes de mèche avec lui, répondit Simpson en la fusillant du regard. Dans ce cas, je reprends l'enveloppe.

— Pas question ! lança Andrea. Et vos conclusions sont totalement fantaisistes. La *signorina* a été retenue ici contre son gré. Il y a deux jours, elle a pris des risques énormes en s'échappant. Elle rejoindra son futur mari quand elle l'aura décidé.

— Quelle garantie pouvez-vous donner à mon client ?

— Seulement ma parole d'honneur, répondit Andrea. Il devra s'en contenter.

Puis il alla ouvrir la porte.

— *Addio, signore.* Je ne dirai pas que ce fut un plaisir.

Simpson hésita. Enfin, il saisit sa serviette et sortit

sans demander son reste. Un instant plus tard, la voiture démarra.

— Quel type odieux ! s'écria Maddie.

Andrea revint vers elle.

— Pour autant, Maddalena, votre réaction n'était pas raisonnable.

Maddie le fixa avec étonnement.

— Vous pensez que j'aurais dû partir avec lui ?

— Vous m'avez assez répété que vous ne souhaitiez qu'une chose : être libre, répliqua-t-il. Pour ça, vous vous êtes enfuie. Et maintenant que tout est fini, que vous avez la chance de pouvoir partir et toutes les raisons de le faire, vous restez… Pourquoi ?

L'implication de cette question ébranla la jeune femme. Il ne savait pas ? N'avait-il pas perçu ses émotions ? N'en avait-il pas deviné la cause ?

— Je… J'ai été… déroutée. J'étais tellement sûre que c'était Jeremy, qu'il viendrait lui-même me chercher…

— Désolé que votre confiance n'ait pas été récompensée.

Maddie déglutit avec peine.

— Mais je partirai demain, si ça ne vous dérange pas que Camillo me conduise jusqu'à Gênes. Je trouverai un hôtel là-bas en attendant le prochain vol pour l'Angleterre.

« A moins que vous ne me demandiez de rester… »

— Inutile. Je vais faire le nécessaire pour que vous preniez l'avion demain.

Il lui tendit l'enveloppe.

— Comme c'est la raison des épreuves que vous avez subies, vous devriez la lire. Cette lettre vous confirmera tout ce que vous avez appris aujourd'hui. Prenez-la, Maddalena, *per favore*.

Il n'y avait qu'un feuillet, écrit à la main sur du papier luxueux. Maddie le prit du bout des doigts, comme si elle craignait d'être contaminée.

Il commençait par :

« Je soussigné, Nigel Walton Sylvester… »

Il reconnaissait tout. L'argent avait été volé sur des comptes étrangers sans mouvement pour financer des achats personnels d'actions. Dans ces investissements, il avait tout perdu et avait été incapable de renflouer les sommes « empruntées ». Il avait compris que l'enquête de Tommaso Marchetti signerait sa disgrâce et qu'il irait en prison. Il avait donc fabriqué de fausses pistes pour impliquer son ami. Au tribunal, cela aurait été sa parole contre la sienne et il était persuadé que ses « preuves » conduiraient à une inculpation. A cause de la mort de Marchetti, cela ne fut jamais vérifié. Pour finir, Nigel Sylvester déclarait que Tommaso Marchetti était innocent de toutes les charges qui avaient pesé sur lui. Suivaient la date et sa signature.

Maddie laissa échapper un profond soupir en rendant la lettre.

— Il n'a même pas un mot de regret ou de remords, dit-elle, dépitée.

— Il a écrit cette confession contre son gré, Maddalena, pas pour respecter des convenances. Tout ce qui l'intéressait, c'était de m'empêcher de rendre publique la preuve que je détiens déjà.

— Comment l'a-t-il su, au fait ? Et quand ?

Andrea haussa les épaules.

— Je ne m'en souviens pas.

— Non ? dit-elle en ébauchant un sourire amer. Je parie que c'était juste après avoir découvert qu'il n'avait pas l'intention de lever le petit doigt pour me sortir de là. Vous vous êtes senti obligé de faire pression sur lui, n'est-ce pas ?

— *Non importa*. Il est passé aux aveux et mon père est enfin vengé.

— Mais ça ne peut pas s'arrêter là. Vous avez sa confession. Vous projetez sûrement de vous en servir.

— Nous attendions une réparation, déclara Andrea. Et nous l'avons eue. Il a aussi dû refuser le grand honneur de devenir lord. Pour ce genre d'individu, c'est une punition suffisante. Maintenant, je vais faire ce qui a été convenu avec ma mère.

Il déchira la lettre, s'avança vers la cheminée et jeta les morceaux dans les flammes.

— Oh! mon Dieu… Vous êtes complètement fou! s'exclama Maddie, alarmée. Vous venez de détruire la preuve irréfutable de sa culpabilité!

Elle aurait essayé de récupérer les morceaux de papier si Andrea ne l'avait retenue.

— Mais qu'en saura-t-il? dit-il d'un ton très calme. A moins que vous ne lui en parliez.

Elle soupira.

— Je comprends maintenant ce que votre mère voulait dire par « Justice sera faite ». Quelle journée! Je… Je vais monter dans ma chambre un moment.

— Comme vous voulez. Vous retrouverez votre chemin ou dois-je sonner Luisa?

— J'y arriverai. Je crois que je pourrais même trouver vos portes dérobées toute seule.

Il esquissa un sourire bref et poli.

— Quelques-unes seulement.

Il la traitait comme une invitée, pensa Maddie. Une invitée qui abusait de son hospitalité. Mais à quoi s'était-elle attendue?

— Alors, à plus tard…, ajouta-t-il.

Maddie quitta la pièce, les mains crispées pour dissimuler son tremblement. Une fois dans la suite, elle alla se jeter sur le lit.

« Oh! mon Dieu… Que vais-je faire? »

D'une façon ou d'une autre, elle devait supporter le reste de la journée — et la nuit qui suivrait — sans révéler quoi que ce soit de son tumulte intérieur. Et affronter cet homme inconnu et froid qu'Andrea était devenu tout à coup. C'était mieux quand il était son ennemi, pensa-t-elle. Au moins, il la traitait comme un être humain.

« Non, rectifia-t-elle aussitôt. Comme une femme. » Dès le début, elle avait été sensible à ses regards et petit à petit elle avait été attirée par lui, au point d'être incapable de lui résister. Il avait éveillé en elle un désir urgent, douloureux, qu'il semblait partager. Mais à présent…

Maddie étouffa un gémissement contre l'oreiller.

— Je n'ai jamais voulu ce qui m'arrive, murmura-t-elle, au désespoir. J'aurais dû le croire quand il a dit que tout était fini. Oui, j'aurais dû partir avec ce mufle de Simpson !

Finalement, elle se leva, ôta ses vêtements et, après un bref passage dans la salle de bains pour se rafraîchir, elle se glissa sous le couvre-lit et essaya de dormir.

Facile à dire… Les images se bousculaient sans cesse dans son cerveau. Andrea la dévorant des yeux quand elle descendait l'escalier, Andrea agenouillé soignant ses pieds blessés, Andrea lui faisant l'amour, surtout… Oh ! Comme ces souvenirs faisaient mal !

Bientôt cependant, les visions s'estompèrent. De même que la tension, la peine et le désir qui la taraudaient. Elle s'endormit.

Quand elle s'éveilla, la chambre était remplie d'ombres. Maddie se redressa en sursaut en voyant de la lumière dans la salle de bains. Elle perçut aussi un bruit d'eau.

L'instant d'après, Luisa apparut sur le seuil.

— *Oh ! scusi, signorina.*

Elle indiqua sa montre.

— *E l'ora di cena.*

Sur quoi, la jeune fille alla ouvrir un placard et en sortit la robe noire.

Maddie secoua la tête.

— *No, grazie.* Je choisirai. *Decidere.*

Luisa hocha la tête et quitta la suite.

Sa longue sieste lui avait fait du bien, pensa Maddie en se rendant dans la salle de bains. Elle avait les idées plus claires, à présent. Et surtout, elle venait de prendre une décision. Oui, elle avait une dernière carte à jouer.

Elle se glissa dans le bain parfumé que Luisa lui avait préparé. Une fois ses ablutions faites, elle se massa avec une huile corporelle. Ses bleus étaient encore visibles, mais ses égratignures cicatrisaient rapidement. Tant pis, pensa-t-elle en revenant vers la chambre. Elle devait agir ce soir. Ou jamais.

Ouvrant le second placard, elle choisit la chemise de nuit noire et le peignoir assorti — la tenue la plus sexy. Le tissu vaporeux effleurait sa peau comme une caresse. Il était très transparent bien sûr, mais n'était-ce pas pour cette raison qu'Andrea avait choisi cette parure ? Si elle l'avait portée la première fois par défi, ce soir elle entendait sortir le grand jeu.

Elle brossa ses cheveux, les laissant flotter sur ses épaules, puis appliqua un trait de mascara et une touche de rouge à lèvres corail, son préféré.

Elle descendit seule l'escalier cette fois, pour souligner son statut d'invitée et non plus de prisonnière, et trouva le système qui commandait l'ouverture de la grande salle.

Andrea se tenait devant la cheminée et regardait les bûches rougeoyantes.

— Vous voyez ? J'ai trouvé ! annonça fièrement Maddie.

Il pivota vers elle, un verre à la main, et la fixa d'un air fasciné.

— Mes compliments. Vous serez contente de savoir que votre billet pour Londres est réservé et que Camillo vous conduira à Gênes. Soyez prête à midi.

Maddie ne se laissa pas abuser par cette annonce, ni par le ton froid qu'il avait employé. Elle avait eu le temps de voir un muscle se contracter dans son cou.

— C'est très aimable à vous, répondit-elle.

— *Al contrario*. Nous sommes tous deux soulagés

que nos vies reprennent leur cours normal et je ne voulais pas que nous perdions plus de temps. Puis-je vous offrir un verre ?

— Du vin blanc. Merci.

Elle ne put s'empêcher d'être un peu contrariée par ses paroles. Ce n'était pas ce qu'elle avait prévu. Elle prit le verre qu'il lui tendait.

— A l'avenir… Quel que soit ce qu'il nous réserve.

— Le vôtre est tout tracé, dit-il. Vous épouserez l'homme que vous aimez. La confiance indéfectible que vous lui portez n'a pas été écornée.

— Sauf aujourd'hui, admit Maddie à voix basse. Parce qu'il n'est pas venu me chercher.

— Un petit malentendu qui sera vite pardonné, j'en suis sûr.

— Vous disiez qu'à sa place vous auriez donné l'assaut à la villa.

— J'ai dit beaucoup de choses, mais aucune n'a plus d'importance, désormais.

Il avala son whisky d'une traite et posa son verre sur la table. Alors seulement, Maddie remarqua qu'il n'y avait qu'un couvert.

— A présent, veuillez m'excuser, Maddalena. Je dîne dehors ce soir. Il se peut que je ne sois pas rentré avant votre départ demain, aussi je vous souhaite un heureux retour chez vous. « Les voyages s'achèvent par la réunion des amants », disait Shakespeare. J'espère que ce sera vrai pour vous.

Il prit la main inerte de Maddie et la porta à ses lèvres.

— *Addio, mia bella*. Votre *fidanzato* a beaucoup de chance.

Médusée, elle le regarda marcher vers la porte.

— Vous me laissez seule… pour notre dernière soirée ? dit-elle d'une voix désincarnée.

— Il n'y a rien entre nous, Maddalena. Comment pourrait-il en être autrement ? Séparons-nous sans regrets. Un jour, vous me remercierez.

— Dites-moi au moins où vous allez ?

Il haussa les épaules.

— A Viareggio, *carissima*, comme souvent. Mais ça, je pense que vous le savez déjà.

Là-dessus, il disparut.

14.

— Mon Dieu, ma chérie, quelle angoisse ! J'ai vécu un véritable cauchemar, s'exclama Jeremy d'une voix rauque.

Le regard fixé sur le diamant qui ornait de nouveau son annulaire, Maddie répondit d'une voix égale :

— Ça n'a pas vraiment été une partie de plaisir pour moi non plus, tu sais.

— J'imagine. Tu as dû être terrorisée…

— Au début, oui. Ensuite, j'ai ressenti de la colère.

— Mais au moins, comme l'a dit mon père, tu n'as jamais été véritablement en danger. Ce n'est pas comme si tu avais été enlevée par la mafia. En fin de compte, toute cette histoire n'était qu'une tempête dans un verre d'eau !

— Je ne vois pas les choses de la même façon.

— Non, sans doute. Mais l'essentiel, c'est que tu sois revenue indemne.

Indemne ? Il ne voyait donc pas qu'elle était dévastée, brisée émotionnellement ?

— Je suppose que tu as raconté à ta famille, à ton patron, à tout le monde ce qui t'était arrivé ? poursuivit Jeremy.

— Non. Ils pensent tous que j'ai tenté de localiser la soprano disparue dans le nord de l'Italie et que j'ai échoué.

— C'est peut-être mieux ainsi. Ça t'évite de répondre à toutes sortes de questions embarrassantes. Quand je pense à toute cette pression ridicule pour obtenir de mon père qu'il blanchisse un ancien employé mort depuis longtemps… C'est incroyable !

— Si cette histoire était si dérisoire, pourquoi a-t-il fallu tant de temps pour la résoudre ? s'enquit Maddie.

Jeremy eut l'air gêné.

— Ecoute, ma chérie… Ce genre de situation peut être mal interprété. Et la renommée de la banque…

— Oui, bien sûr, le coupa-t-elle d'un ton las.

— Ce Valieri… Je me demande en quoi ça le concernait. Il doit être complètement cinglé !

— Non. Très déterminé, plutôt.

— Trevor Simpson n'est pas de cet avis. Son rapport dit tout autre chose. Au fait, pourquoi as-tu refusé de rentrer avec lui ? Avoue que c'était une réaction… bizarre.

— Ton Simpson s'est montré odieux. Après avoir été enfermée, j'avais besoin de calme. J'ai préféré rentrer seule plutôt qu'avec ce type détestable.

— Il a des dehors frustes, oui peut-être. Mais mon père le trouve efficace.

Puis, prenant la main de Maddie, il ajouta :

— Excuse-moi, ma chérie. Je n'essaie pas de te contrarier, mais la situation est difficile pour moi aussi. Et ce bar n'est pas le lieu rêvé pour des retrouvailles romantiques. Viens, allons à l'appartement de la banque, lui murmura-t-il à l'oreille. Mon père nous le laisse rien que pour nous, ce soir.

— Jeremy, écoute… Je ne peux pas. Pas maintenant. Après ce que je viens de traverser, j'ai… j'ai besoin de temps.

Il parut vexé. Au bout d'un moment, il ajouta :

— Il y a encore une chose dont nous devons parler. Mon père suggère que nous avancions la date du mariage.

— Mais… pourquoi ? s'étonna Maddie.

— Ça t'aidera à surmonter tes récentes épreuves et tu te sentiras mieux.

— Je préfère que nous nous en tenions à l'organisation initiale, décréta Maddie. Et j'ai dit que j'avais besoin de temps, pas que j'étais un paquet de nerfs.

— Bon sang, Maddie ! Nous sommes fiancés. Qu'est-ce que ça change, que le mariage se fasse plus tôt ?

Logiquement, rien, elle en convenait. Elle choisit de biaiser.

— J'aimerais savoir une chose : pourquoi n'as-tu pas apporté cette lettre en Italie toi-même ?

— Oh ! J'en mourais d'envie, ma chérie. Mais c'était… compliqué.

— Tu viens de dire qu'il s'agissait d'une tempête dans un verre d'eau. Sois honnête. Ton père a refusé et tu n'as pas voulu t'opposer à lui.

— Il se serait inquiété pour moi, ce qui est normal.

— J'aurais aimé qu'il s'inquiète pour moi aussi, répliqua Maddie. J'aurais été libérée bien plus tôt. C'est pour ça qu'il ne voulait pas que je me rende en Italie ? Il avait peur que le passé remonte à la surface ?

— Bien sûr que non ! s'insurgea Jeremy. Cette affaire sordide était oubliée depuis longtemps. Comme ton bien-être passait avant tout, il a fini par apposer sa signature à ce tas de mensonges qu'on lui a dictés. Est-ce que tu te rends compte qu'il a renoncé à la pairie ? Cela a été un coup dur, mais aucun sacrifice n'est trop grand pour lui.

« Pauvre Jeremy ! » pensa-t-elle. En fils dévoué qu'il était, on ne pouvait le blâmer de gober tout ce que son père disait. Et il n'était pas responsable de ce que celui-ci avait commis avant sa naissance ni des mensonges qu'il entretenait depuis.

— Dis-moi, mon cœur, reprit-il, ce Valieri t'a-t-il dit ce qu'il comptait faire de la lettre ? Etant donné qu'il a utilisé les grands moyens pour se la procurer, il a forcément quelque chose en tête.

« Il l'a brûlée », eut-elle envie de répondre.

Cependant, sans trop savoir pourquoi, Maddie préféra rester évasive.

— Il ne se confiait pas à moi. Pourquoi cette question ?

— Maddie ! Tu ne vois donc pas que ce papier est une bombe à retardement ?

— Il n'a peut-être pas l'intention de s'en servir.

Les traits de Jeremy se durcirent.

— C'est ça… Tu crois vraiment qu'on peut se fier à un salaud pareil?

Il soupira et se radoucit.

— Mon amour, c'est pour te protéger et te chérir que je veux que nous nous mariions le plus tôt possible. C'est peut-être un peu démodé. Dans ce cas, je suis fier d'être un homme démodé. Alors, pourquoi attendre?

Maddie prit une profonde inspiration.

— Parce que j'ai l'intime conviction que dans un mariage, les deux partenaires sont égaux. Et je suis tout à fait capable de prendre soin de moi, merci!

— Non, apparemment, si l'on en croit ta récente expérience. Ecoute, ma chérie, nous en discuterons pendant le week-end. Nous pourrions aller quelque part pour être tranquilles, tous les deux.

— Ça n'est pas possible, répondit Maddie d'un ton calme mais ferme. J'ai déjà prévu de passer le week-end avec mon oncle et ma tante. Mais je prendrai le temps de réfléchir et je te promets de te donner une réponse rapidement.

Elle refusa aussi son invitation à dîner dans son restaurant favori.

— Ce n'est que partie remise, dit-elle en souriant devant sa mine boudeuse. J'ai besoin de me coucher tôt.

Et seule…

Ils sortirent du bar et Jeremy lui héla un taxi. Comme la voiture s'arrêtait le long du trottoir, il prit le visage de la jeune femme entre ses mains et la regarda au fond des yeux.

— Nous sommes réunis, mon amour, murmura-t-il. C'est tout ce qui compte. Tout ira pour le mieux, maintenant. J'attends ta réponse.

Maddie monta dans le taxi. Quand la voiture démarra, elle se tourna et agita la main. Jeremy se tenait au bord du trottoir, l'air sombre, et elle eut l'impression étrange de regarder un inconnu.

Mais depuis deux jours, rien n'avait l'air réel, admit-elle.

Après le départ d'Andrea pour Viareggio, elle s'était enfuie dans sa chambre. Elle avait jeté son affriolante parure en tas sur le plancher et s'était mise au lit, en proie à un profond désespoir. Elle avait scruté l'obscurité en comptant les heures. Par deux fois, elle s'était levée pour aller écouter à la porte de communication, la main crispée sur la poignée, hésitant à la tourner.

Qu'est-ce qui serait le pire ? s'était-elle demandé. De trouver le lit d'Andrea vide ou d'être rejetée de nouveau ? Dans les deux cas, elle se sentirait humiliée.

En descendant le lendemain matin, elle avait trouvé toutes ses affaires rassemblées dans l'entrée. Rien n'avait été oublié. « Comme pour effacer toute trace de moi… »

A l'aéroport, en attendant son vol, elle avait téléphoné à sa tante Fiona, à Todd et à Sally et Trisha, ses colocataires, pour les prévenir de son retour. Elle avait aussi appelé Jeremy, pour le voir dès son arrivée.

A présent, elle avait devant elle un long week-end de tranquillité pour se ressaisir, faire une croix sur le passé et envisager l'avenir.

Sally et Trisha étaient allées au cinéma, si bien que Maddie trouva l'appartement vide. Elle dîna rapidement d'une quiche et d'une salade et décida de relever les e-mails qui s'étaient accumulés sur son ordinateur pendant son absence. Comme elle déroulait la longue liste, elle remarqua le nom de Janet Gladstone.

« La couturière ? Pour ma robe de mariée ? » pensa-t-elle, intriguée.

Elle cliqua sur le courriel et resta stupéfaite.

> Quelle course ! Mais j'ai réussi à la terminer à temps. Merci de me faire savoir quand vous pourrez passer pour le dernier essayage.

Maddie sentit un frisson lui parcourir l'échine.

139

Mme Gladstone était-elle extralucide ? Parce que la coïncidence était des plus troublante.

Elle écrivit le message suivant :

Quelle surprise ! Je passerai vous voir ce week-end.

« Et je lui poserai aussi quelques questions », se promit-elle en appuyant sur la touche « Envoi ».

— C'est parfait, s'exclama Maddie, émerveillée, en tournoyant lentement sur elle-même, devant le miroir en pied. Vraiment magnifique ! Il n'y a aucune retouche à prévoir. Merci beaucoup.

Janet Gladstone ébaucha un large sourire de satisfaction.

— Elle n'est pas tout à fait terminée, dit-elle en contemplant la belle robe de soie grège. Comme je suis superstitieuse, je voudrais faire un dernier point dans l'ourlet, juste avant que vous partiez à l'église.

Maddie essaya de s'imaginer remontant l'allée au bras d'oncle Patrick jusqu'à l'autel où Jeremy l'attendrait. Il se tournerait vers elle en souriant, tandis qu'elle sentirait son cœur bondir de joie…

Hélas, cette image était étrangement floue — à tel point qu'elle s'effaça aussitôt de son esprit.

Pendant qu'on emballait sa robe dans des mètres de papier de soie, Maddie posa la question qui lui brûlait les lèvres.

— Madame Gladstone, pourquoi avez-vous travaillé si vite ? La date que je vous ai donnée est dans plusieurs semaines.

— Mais Mme Sylvester a appelé de votre part pour me prévenir que le mariage était imminent et que la commande serait annulée si je ne terminais pas la robe dans les plus brefs délais ! J'espère que j'ai bien compris, dit-elle d'un ton anxieux. Elle avait l'air catégorique.

Maddie s'empressa de la rassurer.

— L'erreur ne vient pas de vous. Et ce qui compte, c'est que j'ai une robe splendide.

Elle régla la note et emporta son précieux paquet qu'elle déposa sur la banquette arrière de la voiture de tante Fiona.

Elle avait eu l'intention de rentrer directement à la maison, mais, prise d'une impulsion soudaine, elle tourna à gauche en direction de Fallowdene.

Mme Ferguson, l'employée de maison, lui apprit que Mme Sylvester était là et la conduisit dans le salon où Esme feuilletait un magazine, paresseusement installée sur le sofa.

— Madeleine, que me vaut l'honneur de cette visite ? dit-elle avec surprise. Asseyez-vous. Madame Ferguson, apportez une autre tasse.

— Merci, je ne veux pas de café, répondit Maddie. Je viens de passer prendre ma robe de mariée et j'aimerais savoir pourquoi vous avez exigé qu'elle soit finie en un temps record… et en mon absence.

Esme Sylvester haussa ses élégants sourcils.

— Ah, Mme Gladstone l'a terminée ? Je ne m'attendais pas à une telle efficacité de sa part. Mais je n'ai fait que transmettre le message. La décision m'a étonnée, d'ailleurs.

— Que voulez-vous dire ?

— Eh bien, tout d'abord, je ne pensais pas que ce mariage aurait lieu. Voyez-vous, mon mari et mon beau-fils n'apprécient pas qu'on ignore leurs recommandations. Jeremy veut une femme qui sache rester à sa place. En partant en Italie, vous avez dépassé les bornes. Puis on a appris votre enlèvement et il a fallu aviser. Jamais ils n'auraient versé de rançon, bien entendu, quelles que soient les menaces de vos ravisseurs. Pour se dégager de toute responsabilité, Nigel aurait fait publier un communiqué précisant qu'il était moralement répréhensible de céder au chantage. Mais ce que votre ravisseur exigeait était tout autre. Nigel risquait de perdre la face, ce qui l'aurait mené à sa ruine. C'est pourquoi il a décidé de vous faire revenir et Jeremy a proposé de vous épouser aussitôt. Ma chère Madeleine, vous en savez beaucoup trop sur cette affaire Marchetti et ils veulent que ces vilaines choses restent dans la famille.

Maddie se sentit pâlir.

— Vous et Jeremy... connaissez la vérité ?

— Mais naturellement, quelle question ! Le père et le fils n'ont aucun secret l'un pour l'autre. Quant à moi, je ne me suis jamais fait d'illusions sur l'homme que j'allais épouser. Contrairement à vous, ma petite. Mais il est des compensations qui vous font vite oublier tous les scrupules...

— Je... Je ne crois pas un mot de ce que vous dites ! s'exclama Maddie d'une voix tremblante. Vous ne cherchez qu'à faire des histoires, parce que vous ne m'avez jamais estimée.

Esme ébaucha un sourire cynique.

— Jeremy ne vous a pas déjà questionnée sur ce que Valieri comptait faire des informations qu'il détenait ? Ni si on pouvait se fier à sa parole ?

— Comment... Comment le savez-vous ?

— Vous êtes si naïve, Madeleine ! Jeremy ne cessera de vous harceler à ce sujet. En vous disant tout ça, je vous fais une faveur. Parce que vous ne savez pas dans quelle famille vous mettez les pieds.

Esme Sylvester laissa échapper un rire bref.

— Par amour, vous essayez de soustraire Jeremy à l'emprise de son père. Mais c'est ridicule, voyons ! Parce qu'il n'a jamais été le garçon dont vous êtes tombée amoureuse. Il ne rêve que de ressembler à son père. En fait, je pense qu'un jour il le surpassera et que Nigel prendra exemple sur lui. Et ça m'étonnerait que vous soyez capable de supporter cette situation. Vous voyez, nous sommes très différentes, vous et moi...

— Oui, vous avez raison, répondit Maddie d'un ton glacial.

D'un geste sec, elle retira sa bague de fiançailles et la posa sur la table basse.

— Merci pour cette conversation, ajouta-t-elle. Quand

142

je pense que j'étais convaincue que Jeremy avait besoin de moi…

— Oh! non, répondit Esme d'un ton suave. Jeremy et son père n'ont besoin de personne. Ils se suffisent mutuellement.

Sans trop savoir comment, Maddie sortit du manoir et remonta en voiture. Du trajet de retour, elle ne se souvint que du moment où, arrêtée sur le bas-côté, elle s'était agenouillée dans l'herbe, submergée par une violente nausée.

Soulagée, elle s'était mise à rire et à pleurer en même temps.

Seigneur! Elle l'avait échappé belle…

15.

Maddie fut prise au dépourvu en constatant que l'annonce de la rupture de ses fiançailles ne surprenait personne. Son oncle Patrick murmura seulement qu'il s'était souvent posé des questions ; quant à tante Fiona, elle rangea la robe de mariée et prépara l'un de ses meilleurs dîners. Ses amies Trisha et Sally l'emmenèrent danser pour lui changer les idées et Todd déclara que la nouvelle l'arrangeait, puisqu'il n'aurait pas à se séparer d'elle.

Jeremy fut le seul à ne pas accepter la situation. Il l'assaillit de coups de téléphone, l'inonda de bouquets de fleurs et fit le siège de son bureau et de son appartement en la suppliant d'accepter de discuter.

Ce à quoi Maddie répondit que tout était dit et que sa décision était irrévocable. Elle ne mentionna pas sa conversation avec Esme et porta les fleurs à la maison de retraite voisine.

Le temps passait lentement, mais le travail rendait ses journées supportables. Un matin, alors qu'elle étudiait un nouveau concept d'émission avec une collègue, Todd sortit de son bureau avec excitation.

— Tu te souviens de ton escapade en Italie ? Eh bien, ta chère cantatrice s'est manifestée et, tiens-toi bien, c'est à nous qu'elle veut réserver une interview !

Maddie se figea. Au bout d'un moment, elle parvint à répondre :

— Eh bien, bonne chance à celui ou celle qui s'en chargera.

— Bon sang, Maddie. C'est toi qui le feras ! Elle t'a demandée en personne.

Elle secoua la tête.

— Non, je ne peux pas, Todd. Je ne retournerai pas en Italie. Ne me demande pas de m'expliquer là-dessus.

— Elle n'est pas en Italie, mais ici, à Londres ! lança-t-il d'un ton triomphal. Au Mayfair Royal Hotel, suite 14. Et elle te recevra ce soir à 19 h 30. Que dis-tu de ça ?

Maddie prit une courte inspiration.

— Envoie Holly. J'ai… des projets pour ce soir.

— Alors, annule-les, insista son patron. Je te dis que c'est toi qu'elle veut. Bon sang, je ne comprendrai jamais les femmes ! Tu l'as cherchée pendant des jours, et maintenant qu'elle se montre, tu ne veux rien savoir. Je pensais que tu sauterais de joie. En tout cas, c'est ton projet, Mad, et quel que soit le problème que ça te pose, tu vas le boucler !

Sur quoi, il rentra dans son bureau et claqua la porte derrière lui.

« Ce n'est pas un problème, mais un véritable cauchemar ! » faillit-elle crier.

Elle ne fit rien de bon le reste de la journée et demanda à rentrer plus tôt à cause d'une migraine.

— Prends des comprimés, lui conseilla Todd d'un ton âpre. Il faut que tu sois en forme pour 19 h 30.

Maddie s'habilla de façon stricte pour l'interview — jupe grise, chemisier blanc, ballerines noires — et noua ses cheveux sur la nuque.

Le Mayfair Royal était un grand hôtel au luxe suranné. Derrière le bureau en acajou de la réception, une employée lui confirma qu'elle était attendue et lui indiqua l'ascenseur.

Comme elle débouchait au premier étage, Maddie vit un homme grisonnant venir à sa rencontre.

— *Signorina* Lang ? dit-il aimablement. Mon nom est Guido Massimo. Voulez-vous me suivre, s'il vous plaît ?

Maddie lui emboîta le pas, l'estomac noué. Devant la

suite numéro 14, il sortit une carte magnétique et ouvrit la porte, avant de lui faire signe d'entrer.

La jeune femme pénétra dans un salon élégant tendu de bleu. Devant elle, deux portes-fenêtres qui donnaient sur un balcon faisaient entrer la lumière de cette belle soirée de juin.

Elle entendit la porte se refermer et, se retournant, constata que M. Massimo s'était éclipsé.

« Quand Floria Valieri va-t-elle faire son entrée ? » se demanda-t-elle en rassemblant ses forces.

A sa gauche, une double porte s'ouvrit soudain, et son cœur s'arrêta de battre.

Oh ! mon Dieu ! Non…

La stupeur lui noua la gorge quand elle vit Andrea s'avancer dans la pièce. Il portait un costume anthracite et sa chemise était ouverte au col.

Il s'arrêta, la mine sombre.

— Vous êtes venue… Je n'étais pas sûr que vous accepteriez.

— Je suis là… pour parler à la comtesse, déclara Maddie, la bouche sèche. Où est-elle ?

— Chez des amis en dehors de Londres. Elle ne reviendra que demain.

— Dans ce cas, moi aussi.

— Je ne peux pas vous retenir, même si j'en meurs d'envie, dit Andrea avec un sourire triste. Mais avant de partir, dites-moi une chose, *cara* : est-il vrai que vous n'êtes plus fiancée au fils de Sylvester ?

— Ça ne vous regarde pas, répondit-elle, sur la défensive.

— Maddalena, j'ai fait un long voyage pour entendre votre réponse.

— Alors, vous avez perdu votre temps, répliqua-t-elle en esquissant un mouvement vers la porte.

— L'espoir n'est jamais perdu.

Maddie s'arrêta, intriguée.

— L'espoir ? Qu'y a-t-il à espérer ?

— Vous, *carissima*, dit-il doucement. Si vous n'êtes

plus la fiancée d'un autre. Vous auprès de moi, dans mes bras, jour et nuit. Dans ma vie.

La colère envahit Maddie, ainsi qu'un profond sentiment de dégoût.

— Comme c'est flatteur ! Alors, je serai votre maîtresse à Londres, en même temps que toutes ces autres femmes à Gênes, Turin, Rome ou ailleurs ? Eh bien, la réponse est non !

— Vous m'insultez en même temps que vous-même, Maddalena, déclara-t-il en l'enveloppant d'un regard brûlant. Je ne dis pas qu'il n'y a eu aucune femme dans ma vie jusqu'à vous. Je ne suis pas un saint. Mais depuis que je vous ai rencontrée, il n'y a eu personne d'autre, je vous le jure. Parce que c'était… tout simplement impossible.

— Vous oubliez votre amie de Viareggio, lui rappela-t-elle d'un ton dur.

— Je suis allé voir Giulia une fois, admit Andrea. Pour rompre avec elle. Elle méritait cette courtoisie.

— Mais vous alliez chez elle, la veille de mon départ. C'est ce que vous m'avez dit.

— Non, *mia cara*. C'était un prétexte. En fait, je suis descendu à Trimontano, à l'hôtel Puccini, et j'ai passé la nuit dans votre chambre. Seul. Je vous désirais tant, ma douce Maddalena, que je n'ai pas osé rester à la *Casa Lupo*, sous le même toit que vous, ni vous revoir le lendemain matin.

— Si c'est vrai, murmura Maddie d'une voix sourde, pourquoi… pourquoi m'avez-vous renvoyée ?

— Pour respecter la parole donnée aux Sylvester. J'avais promis que vous rentreriez chez vous, même si cela m'arrachait le cœur. Si j'avais pris ce que vous m'offriez ce soir-là, je n'aurais pas pu vous laisser partir.

Il tendit les mains en un geste d'impuissance.

— Vous répétiez que vous ne vouliez qu'une chose : rentrer en Angleterre auprès de l'homme que vous alliez épouser. Alors, vous garder une nuit et vous perdre ensuite était une perspective trop atroce. Je vous ai donc renvoyée vers lui, vers le bonheur dont vous rêviez, en me disant que je devais apprendre à vivre sans vous. Mais c'était infernal, surtout quand j'ai appris que vous portiez de nouveau votre bague et que vous prépariez votre mariage.

— Comment l'avez-vous su ?

De nouveau, il eut un sourire triste.

— Parce que en dépit de toutes mes résolutions, je n'ai pas pu me séparer de vous complètement. J'avais besoin de savoir ce que vous faisiez, les vêtements que vous portiez, et si vous étiez heureuse. Et j'ai toujours les moyens de le découvrir...

Choquée, Maddie le fusilla du regard.

— *Mia cara*, je n'en suis pas fier. Comme avant de vous connaître, mais pour des raisons différentes, j'analysais la moindre information vous concernant. Et j'avais mal. *Santa Madonna*, je ne savais pas que l'amour pouvait faire souffrir à ce point. J'ai compris que j'avais été fou de vous laisser partir, que j'aurais dû vous supplier à genoux de rester avec moi pour le reste de notre vie. De m'aimer et de devenir ma femme.

Bouleversée, Maddie retenait son souffle. Sur les traits d'Andrea, elle lisait une vulnérabilité poignante, et son regard ambré était rempli d'angoisse et de désir contenu.

— Après tout ce que je vous ai fait subir, je ne mérite pas que vous m'aimiez, Maddalena, poursuivit-il en s'avançant vers elle. Mais si je me montre patient, peut-être finirez-vous par avoir quelque sentiment pour moi ? Je veux vivre sur cet espoir, *carissima*. Dites-moi quelque chose. Même si c'est un non.

— Vous ne m'avez pas vraiment laissé l'occasion de parler jusque-là, commença Maddie en esquissant un sourire tremblant. Quand vous m'avez quittée, ce soir-là, à la *Casa Lupo*, j'étais... dévastée. Je m'étais ridiculisée en m'habillant de la sorte et je me sentais coupable d'avoir trahi mon fiancé. Après tout, il n'était pas responsable de ce que son père avait fait. Je voulais repartir de zéro avec lui, retrouver ce que nous partagions au début. Mais c'était

149

impossible, parce que… je n'étais plus la même, et lui non plus, d'ailleurs. Andrea, depuis que je suis rentrée, je ne vis plus, je ne fais qu'exister en pensant à cette dernière soirée à la Villa du Loup. Et tout à coup, vous êtes là… C'est difficile à croire parce que nous nous connaissons à peine, et peut-être devons-nous faire preuve de patience, mais… si tu veux vraiment de moi, je suis tout à toi.

Dans un rire saccadé, Andrea répéta :

— Si je veux vraiment de toi ? Si… ?

Dans un élan, il se porta vers elle et Maddie se retrouva dans ses bras, enlacée. Leurs lèvres s'unirent en un baiser plein de fougue. Elle s'abandonna contre lui avec passion, l'étreignant comme pour se fondre en lui.

— Au temps pour la patience, murmura Andrea d'une voix rauque.

Puis, la soulevant dans ses bras, il l'emporta vers la chambre. Maddie s'attendait à ce qu'il lui fasse l'amour sur-le-champ pour apaiser la faim qu'ils avaient l'un de l'autre. Elle se serait offerte sans réserve à son désir urgent. Mais elle se trompait.

Le temps sembla s'arrêter tout à coup, les invitant à savourer chaque minute de leur intimité délicieuse. Sans hâte, Andrea la débarrassa de ses vêtements en la regardant au fond des yeux. Puis, d'un sourire espiègle, il l'encouragea à le dévêtir à son tour.

Bientôt, Maddie se lova dans ses bras, exultant de le sentir nu contre elle. Elle retrouva le plaisir de ses caresses ensorcelantes, de sa langue glissant comme un feu liquide sur ses seins dressés. Ses baisers doux, langoureux, frôlaient son ventre et ses cuisses. Quand la main d'Andrea s'insinua entre ses jambes pour accéder au cœur humide de sa féminité, des frissons d'excitation la traversèrent tout entière et son corps se cabra, en proie à un désir aussi violent que douloureux.

En même temps, elle se délectait de le toucher, faisant courir ses paumes sur ses épaules, son torse et son ventre plat, avant de s'emparer de sa puissante virilité. Ses doigts glissèrent sur son sexe, lentement d'abord, puis à un rythme de plus en plus provocant. Un râle sourd s'échappa de la gorge d'Andrea.

N'y tenant plus, il lui souleva légèrement les hanches pour la posséder. Mais Maddie se raidit.

— Qu'y a-t-il, *cara*? Tu ne veux pas aller plus loin?

— Si… Oh! si. Seulement… Ça m'effraie, avoua-t-elle dans un souffle.

— Tu as peur que je te fasse mal? s'étonna Andrea. Je te promets q…

— Non! J'ai peur de te décevoir, de ne pas savoir te donner ce que tu attends, dit-elle anxieusement.

Il la contempla, une lueur de tendresse au fond des yeux.

— Et si je te dis que je suis moi-même nerveux parce que, pour la première fois de ma vie, je vais faire l'amour à la femme que j'aime et que son bonheur passe avant tout?

Maddie lui offrit un sourire radieux.

— Alors, je n'ai plus rien à craindre…

— *No, amore.*

Doucement, il s'invita en elle. Maddie l'accueillit et toutes ses inhibitions s'envolèrent. Comme si depuis toujours elle attendait cet instant, cet homme-là…

Elle enroula les jambes autour de la taille d'Andrea et répondit avec passion à ses élans puissants, sentant un irrésistible vertige monter en elle. Bientôt, son contrôle lui échappa et, consumée par des sensations d'une intensité affolante, elle s'abandonna à un plaisir sans égal. Quelques secondes plus tard, elle entendit Andrea crier son nom d'une voix rauque, presque désespérée.

Ils restèrent blottis dans les bras l'un de l'autre, leurs corps brûlants et toujours unis, tandis que le monde reprenait lentement sa place.

— Tu es à moi et je suis à toi, Maddalena, murmura-t-il contre ses seins.

Plus tard, ils parlèrent tout en échangeant des baisers.

— Je t'aime, *cara mia*, et je veux t'épouser dès que possible.

— Oui, mon amour… mais qu'est-ce que ta mère va penser ? demanda Maddie.

— Si elle rentre maintenant, beaucoup de choses !

— Sérieusement, reprit Maddie. Elle m'a parlé de la prophétie… qu'une étrangère blonde causerait la ruine de la *Casa Lupo*.

— La prophétie s'est déjà réalisée, ma chérie. Car c'est la Villa d'Eté qui va accueillir ma belle mariée.

— Oh ! C'est vrai. J'avais oublié ça. Mais ta mère ne sera pas pour autant contente de la situation. Elle était hostile envers moi à Portofino.

— Parce qu'elle était inquiète. Elle savait que j'étais tombé éperdument amoureux d'une femme qui appartenait à un autre et que, si je ne pouvais l'épouser, je ne me marierais jamais. Il n'y aurait pas d'héritier à qui transmettre le nom de Valieri et ça la chagrinait beaucoup.

Andrea embrassa ses cheveux emmêlés.

— Mais elle a quelque chose à t'annoncer demain, quand nous serons réunis. Elle va de nouveau chanter en public. Et, la première fois, ce sera à l'occasion de notre mariage.

— Oh ! Ce serait merveilleux ! murmura Maddie, émue aux larmes.

— Et elle voudra aussi t'emmener faire les boutiques.

L'espace d'un moment, Maddie se prit à rêver. Noyée dans un nuage de soie grège, elle remontait fièrement l'allée de l'église. Devant l'autel, Andrea se tournait vers elle, le regard rempli d'amour et d'admiration…

— Mais ce ne sera pas pour acheter ma robe ! dit-elle en riant. Celle que j'ai est parfaite. Il ne manque qu'un petit point à coudre dans l'ourlet.

Elle n'eut qu'à tendre les lèvres pour recevoir le baiser d'Andrea.

Découvrez la nouvelle saga *Azur*
de 8 titres inédits

La Fierté des Corretti
PASSIONS SICILIENNES

*Et si seul l'amour avait le pouvoir
de sauver les Corretti ?*

1er avril   1er mai   1er juin   1er juillet

1er août   1er septembre   1er octobre   1er novembre

collection Azur

Ne manquez pas, dès le 1er août

TROUBLANT DÉFI, *Anne Oliver* • N°3495

Pour venir en aide à ses parents, sur le point de perdre leur maison, Chloé doit absolument réunir au plus vite une importante somme d'argent. Mais comment le pourrait-elle, avec son simple salaire de serveuse ? Aussi n'a-t-elle pas d'autre choix que d'accepter lorsque Jordan Blackstone, l'homme d'affaires au charme troublant qu'elle a rencontré la veille au soir dans le restaurant où elle travaille, lui fait une incroyable proposition : il paiera les dettes de sa famille si elle joue le rôle de son épouse dévouée pendant un mois, le temps pour lui de signer un important contrat. Bien sûr, elle se promet de garder ses distances avec Jordan : n'a-t-elle pas toutes les raisons du monde de se méfier des hommes trop riches… et trop séduisants ?

UN BOULEVERSANT HÉRITAGE, *Cathy Williams* • N°3496

Si on lui avait dit qu'elle possèderait un jour un cottage en Cornouailles, Rosie aurait éclaté de rire. Comment imaginer qu'Amanda Wheeler lui léguerait la maison qu'elle aimait tant ? Amanda, celle qui fut sa meilleure amie avant de la trahir de la pire des façons, ne reculant devant aucun mensonge pour lui voler son fiancé : Angelo Di Capua. Mais aujourd'hui, Amanda est morte, et Rosie ne peut se permettre de refuser ce legs. N'a-t-elle pas désespérément besoin d'un nouveau départ, loin de Londres ? Ici, une nouvelle vie s'offre à elle, et tant pis si cela doit réveiller de douloureux souvenirs ou la rapprocher d'Angelo. Angelo qu'elle hait aussi fort qu'elle l'a aimé, mais qui éveille toujours en elle un trouble profond…

LA MAÎTRESSE DE FERRO CALVARESI, *Maisey Yates* • N°3497

Ne faire confiance à personne et travailler plus dur que tout le monde… Tels sont les principes qui ont permis à Julia de se faire un nom dans l'univers si concurrentiel des nouvelles technologies. Aussi, quand Ferro Calvaresi, son concurrent direct, la ridiculise devant des centaines de personnes, est-elle bien décidée à lui dire ce qu'elle pense de sa façon d'agir. Mais lors de leur entrevue, loin de se laisser impressionner, Ferro lui propose au contraire une alliance : ensemble, ils peuvent remporter l'important contrat qui lancera définitivement leurs entreprises respectives. A condition, bien sûr, qu'on les croie désormais *très* proches l'un de l'autre…